華舞《はなまい》剣客と新米同心

八神淳一

JN126283

コスミック・時代文庫

この作品はコスミック文庫のために書下ろされました。

目次

第一章　鬼蜘蛛《おにぐも》

一

徳川《とくがわ》十一代将軍家斉《いえなり》の世。

「学びて時に之《これ》を習う、また説《よろこ》ばしからずや」

「故《ふる》きを温《たず》ねて新しきを知る」

神田《かんだ》の一角にある手習所《てならいどころ》で、子供たちの元気な声が聞こえていた。

「はい。今日はこれでお終《しま》いです」

「佳純《かすみ》先生、ありがとうございますっ」

と、子供たちがいっせいに立ちあがり、手習所を出てゆく。

「また、明日」

と、長月《ながつき》佳純は笑顔で子供たちを見送る。

「あら、綾乃《あやの》ちゃん、まだ、お迎えが来ないのかしら」

綾乃だけ手習所に残っている。綾乃は日本橋《にほんばし》の呉服屋の大店《おおだな》の娘である。三人姉妹の末っ子だ。美人姉妹で有名である。

近所の子供たちには迎えは来ないが、大店の娘ゆえに、使用人による送り迎えがあった。

「すみません、遅れてしまって」

手代の伊吉《いきち》が姿を見せた。

「こんにちは、伊吉さん」

と、佳純が挨拶《あいさつ》する。いつもなら、ていねいに挨拶してくるのだが、今日はなぜか、目を合わせない。

「さあ、お嬢さん、帰りましょう」

と、伊吉が綾乃の手を取る。綾乃は伊吉を慕《した》っていて、手を繋《つな》ぐ。

「ありがとうございました」

と、伊吉が佳純に頭を下げて、綾乃とともに手習所を出てゆく。

ふたりを見送るも、佳純は胸騒ぎを覚えた。伊吉の様子がおかしい。なにかある。

佳純はふたりのあとをつけはじめた。

伊吉と綾乃は和泉橋《いずみばし》に向かって歩いている。それを渡って、日本橋へと向かう。けっこう離れているが、佳純の手習所の噂《うわさ》を聞いて、通ってくれている。

父が亡くなり、剣術道場を閉じて、手習所をはじめて一年になるが、子供たちも集まってきて、順調だった。

和泉橋を渡ると、日本橋のほうに向かわず、神田川の土手に向かいはじめた。おかしい。綾乃は伊吉を慕っているため、素直についている。

いやな予感を覚えて、佳純は足をはやめる。

すると土手の下から、見るからに胡乱《うろん》な男たちが三人駆けあがってきた。みな浪人者か、腰に一本差している。

それを見て、綾乃が逃げようとした。が、伊吉が手を離さない。それどころか抱きよせて、動けないようにする。

「助けてっ」

と、綾乃が叫ぶ。

伊吉が胡乱な男たちに綾乃を渡そうとする。

「待ちなさいっ」

と、佳純は土手を駆けおりながら、叫んだ。

男たちが佳純を見た。ほう、という表情になる。たいていの男たちは、佳純を見ると、ほう、という顔をする。綾乃が男たちに渡る。

「綾乃ちゃんを放しなさいっ」

そう言いながら、さらに駆けおりる。

「佳純先生っ」

綾乃が泣き濡れた瞳を佳純に向ける。

「大丈夫よ」

と、安堵《あんど》させるように声をかける。

「伊吉さんっ、これはなにっ」

手代をにらむ。

「違うんです……違うんです」

と、伊吉はかぶりを振りつつ、躰《からだ》を震わせている。

胡乱な男たちは、佳純には構わず、綾乃を神田川へと連れてゆく。小さな船着場に、猪牙《ちょき》船《ぶね》が一艘《そう》結わえてあった。

「待ちなさいっ」

佳純は一気に迫った。

「あんたも俺たちについてくるかい」

「かわいがってやるぜ」

へへへ、と男たちが下卑《げび》た笑顔を見せる。完全に、佳純を舐《な》めきっていた。そのぶん、隙《すき》だらけだ。

男たちが綾乃を船着場へと引っぱっていく。

「佳純先生っ、助けてくださいっ」

佳純はうなずき、一気に男の懐《ふところ》に飛びこんだ。

男の腰から大刀《だいとう》を抜くなり、男の腹を払った。ずぶりと肉を斬《き》る音がする。

「ぎゃあっ」

と、腹を斬られた男が叫んだ。

ひとりの男が綾乃を抱きかかえ、あわてて猪牙船に向かう。

もうひとりの男が大刀を抜いた。が、構える前に佳純は、再び腹を払っていた。

「ぎゃあっ」

またも、男が絶叫する。腹から血を出しつつ、その場で膝《ひざ》を折る。

綾乃を抱いた男が猪牙船に乗りこんだ。船頭に、出せと命じる。

「出してはだめっ」

と、佳純が叫ぶ。

「はやく、出せっ」

綾乃を抱いたままの男がどなる。船頭があわてて棹《さお》を川面《かわも》に差す。

佳純は大刀を持ったまま、船着場から飛んだ。

そのまま、綾乃を抱いたままの男に向かって唐竹割《からたけわ》りを見舞った。見事に脳天に突き刺さり、男は信じられないといった表情を浮かべたまま、ひっくり返った。

綾乃とともに猪牙船から落ちそうになり、船頭があわてて綾乃の腕をつかんだ。

脳天から鮮血を噴きあげながら、男だけが神田川に落ちていった。

「佳純先生っ」

と、綾乃が大刀を持つ佳純に抱きついてきた。

「もう大丈夫よ」

「怖かった、怖かったよ、佳純先生っ」

「もう大丈夫だから」

「剣術の先生なのかい」

と、船頭が聞く。

「ううん。手習所の先生よ」

と、佳純の胸もとに顔をこすりつけたまま、綾乃が答える。

「ほう、強い手習所の先生だな」

佳純は土手に目を向けた。伊吉の姿はなかった。

二

その夜、なかなか寝つけず、佳純は床より起きた。

床の間に置いてある大刀を手にすると、縁側より庭に出た。

鞘《さや》から大刀を抜くと、その場で素振りをはじめる。寝巻姿だ。

真剣を振っていると、心が落ちついてくる。

助けた綾乃を日本橋の店に送ると、綾乃が番頭にいきさつを伝え、すぐさま主《あるじ》の左衛門《さえもん》が出てきて、礼を言われた。

左衛門だけでなく、店のみんなに感謝され、中には泣いている者もいた。

佳純は、はじめて人を斬った。

そしてはじめて、剣の腕が役に立った。

これまで習いごとにすぎなかった剣が人の役に立ち、感謝された。

「父上……佳純の剣で、人を助けました」

佳純は月を仰ぎ、今は亡き父に向かって告げる。

素振りを続けていると、すぐに汗ばんできた。

佳純は寝巻の上を脱いだ。

たわわな乳房があらわれる。かなり豊満であった。汗ばんだ乳房が月明かりを受けて光っている。

佳純は上半身裸のまま、素振りを続ける。腕を振るたびに、乳房がぷるんぷるんと弾む。

伊吉は姿を消したままだ。よく知っている顔だけに、綾乃を胡乱な男たちに渡そうとした行為に驚いていた。

伊吉は実直な手代なのだ。なにか深い訳があったのだろう。主の左衛門もそう言っていた。

翌朝、いつものように手習所の用意をしていると、左衛門が姿を見せた。

「昨日は、ありがとうございました」

と、深々と頭を下げる。そして、

「ささやかですが」

と言って、懐から袱紗《ふくさ》を出すと、佳純に差し出した。

「これは……」

袱紗を開くと、切餅《きりもち》がひとつあった。二十五両である。

「このようなもの、いただけません」

「綾乃を助けていただいたお礼だけではないのです。実は、佳純さんにおねがいがあるのです」

「なんでしょうか」

「このところ、鬼蜘蛛《おにぐも》が大店荒らしをやっております」

「はい」

鬼蜘蛛は押し込みである。ただの押し込みではなく、押し入った先のおなごたちを犯すことで知られている。しかも美形しか犯さないと噂され、それゆえ美形の妻や娘を持つ大店は戦々恐々として、多くの用心棒を雇っていた。

「うちの店も用心棒を雇い入れるつもりなのですが、信頼の置ける用心棒がいなくて困っていたのです」

「そうですか」

「その用心棒を佳純さんにおねがいしたいのです」

「私が用心棒……」

「はい。綾乃が申しますには、佳純さんは、電光石火の早業で相手を次々と斬り、猪牙船に乗せられ連れていかれようとしたところを、船に飛び乗りながら、脳天から斬り捨てたと聞いています」

「そうですね……」

あのときは綾乃を助けたい一心だった。だから、躰が勝手に動いていた。自分の中にあんなに勇敢な心があったとは。

「その話を聞いて、私どもを守ってくださるのは、佳純さん、いや、佳純様しかいないと思ったのです」

「様なんて……さんづけで呼んでください」

「このとおり、おねがいします」

と、左衛門は畳に額を押しつける。

「頭をお上げください」

「おねがいします。今宵《こよい》から、ぜひとも用心棒に」

「今宵から……ですか」

「鬼蜘蛛はいつ、押し込みに入ってくるかわかりませんから」

「そうですね……」

確かに今宵、押し込みに入るかもしれない。そのとき、用心棒がいなかったら……左衛門の妻は後妻で美しい。なにより綾乃のふたりの姉たちがきれいなのだ。後妻と娘たちが鬼蜘蛛の餌食《えじき》に……。

「少しだけ、考えさせてください……」

「今宵からおねがいします」

左衛門はさらに強く額を畳にこすりつけた。


「昨日は活躍だったそうじゃないか」

「あら、新崎《しんざき》様、お務め、ご苦労様です」

手習所の用意の手を止める。

「活躍って、なんの話ですか」

「しらばっくれなくてよいぞ」

新崎真之介《しんのすけ》。新米の定町廻り《じょうまちまわ》り同心だ。定町廻り同心だった父が半年前に亡くなり、嫡男《ちゃくなん》の真之介があとを継いだのだ。

年は若く、見るからにひよっこだ。みな裏では、新崎とかけて、新米の旦那《だんな》、と呼んでいる。

佳純も気を抜くと、思わず、新米様、と呼びそうになる。

「道場は閉じても、毎日剣の鍛錬はやっていたのだな」

「そうですね……」

父が亡くなったとき、道場を続ける道もあった。けれど、佳純は剣を捨てることにして、閉めたのだ。でも結局、日々の鍛錬は続けていた。それが、役に立ったことになる。

佳純は真之介に相談しようと思った。

「あの……鬼蜘蛛はどうなっているのですか」

「あれか。なかなか捕らえられなくてなあ、困っておるのだ」

「千両箱を盗むだけではなく、おなごを……その……好きにする悪党だと聞いています」

「そうであるな。ゆるせぬ」

「あの……」

「なんだ」

「越前屋《えちぜんや》さんが、私に用心棒をやってほしいと」

「ほう、そうか。越前屋はなかなか用心棒を雇わなくてな。まあ、知らぬ男を、それも剣の遣《つか》い手を家に入れるわけだから、三人娘がいる越前屋はためらっていたのだ。そうか。佳純さんを用心棒にか。それはよいではないか」

　と、真之介が言った。

　これが二日前なら、そもそも用心棒の依頼はなく、あっても真之介は賛成しなかっただろう。

　が、昨日、綾乃を助けて、佳純を見るまわりの目が変わっていることに、あらためて気づいた。

「人を斬ったのは、はじめてだったのか」

　と、真之介が聞いてきた。

「はじめてでした」

「そうか。わしはまだ、人を斬ったことがない。腰にこうして差しているが、いざというとき、ためらわず、悪党を斬れるのか、案じているのだ」

「それなら……」

「それなら……」

「案じることはありませんよ、新崎様。昨日、私は綾乃ちゃんを助けることだけを思って刀を取り、斬りかかりました。助けたい一心でした。それだけで躰が勝手に動いていたのです。あれは日々の鍛錬の賜《たまもの》なんだなと思いました」

「そうか」

真之介は同心としてはひよっこだが、剣の腕はかなりのものだ。父の道場で、真之介とは何度も竹刀《しない》を合わせていた。

出奔《しゅっぽん》した国許《くにもと》の剣術大会で優勝した佳純相手に、一歩も引けを取らない竹刀さばきだった。

「新崎様なら、大丈夫です」

「そうか」

真之介が笑顔を見せた。そして、越前屋のおなごたちを頼んだぞ、と言われた。

三

夕刻。佳純は日本橋の越前屋の母屋《おもや》に入った。

台所の横の四畳半を用意された。佳純はすぐに台所に出て、使用人たちに挨拶した。と同時に、使用人たちの様子をうかがいはじめた。鬼蜘蛛が押し入るならば、必ず引き込みがいるはずだ。家の見取り図を用意させ、押し込むとき、裏の戸の閂《かんぬき》を開けておく者が必要である。

佳純は引き込みがいるかどうか探ることにした。しばらくすると、小間物屋が台所に姿を見せた。女中たちは手を休めて、台所に集まってくる。

小間物屋はなかなかよい男だった。女中たちが集まってくるのもわかる。みな、小間物屋が出す化粧《けわい》の品に目を輝かせている。

女中たちの背後に立って見ていると、

「こちらの御方《おかた》は……」

と、小間物屋が佳純を見て、女中に聞いた。

「佳純さんですよ。用心棒を今宵からおねがいしているんです」

と、いちばん年嵩《としかさ》の女中が答えた。

「へえ、おなごの用心棒ですか。これは珍しい」

小間物屋は、弥平《やへい》と申します、と頭を下げた。

「佳純さんでいいのかい。佳純様じゃないのかい」

と、別の女中が言い出す。

「そうだね。綾乃お嬢さんを助けてくださった御方だから、佳純様だよね」

そうだ、そうだ、とまわりの女中も言う。

「綾乃お嬢さんをお助けなさったのですか」

と、弥平が聞く。

「そうなのよ。電光石火の太刀《たち》さばきで、悪党を次々と斬ったの」

と、年嵩の女中が、綾乃の受け売りを披露《ひろう》しつつ、小間物屋が持ってきた扇子《せんす》を手に、剣を振るまねをした。

「ほう、お強いのですね」

と言った弥平の目がわずかに変わった気がしたが、気のせいかもしれない。

三人の女中が口紅を買った。そのうちのひとりの若い女中のおゆうが、弥平から釣りをもらうとき、手と手が触れただけで、口もとをゆるめた。

弥平とおゆうはできているのでは、と佳純は思った。出入りの商人と女中ができるのはよくあることだが、佳純は気になった。

佳純はおゆうの様子をうかがっていた。すると、一日の仕事を終えたおゆうが、そそくさと母屋を出てゆくのが見えた。佳純はあとをつけはじめた。人のあとをつけるなど、うまくやれるか心配だったが、おゆうは路地に入ってすぐに、とある家に入っていった。

そこは空き家だった。おゆうは庭にまわると、物置に入った。

怪しい。

すぐには近寄らず、しばらく様子を見た。恐らく、弥平と待ち合わせだろう。すでに弥平が物置に入っている気がしたが、あとから来るかもしれない。

「あぁっ」

と、おなごの声が物置から聞こえてきた。

どうやらすでに、弥平は待っていたようだ。

佳純は庭に入り、物置に近寄る。別にふたりのまぐわいを見たいわけではなく、睦言《むつごと》の中に、引き込みにかかわる話が出るかもしれないからだ。引き込みの話が出れば、決まりだ。

「ああっ、そんなにっ、舐めないでっ」

おゆうの声がする。おゆうもあんな艶《つや》めいた声を出すのだ。

物置を見ると、いくつか節穴があった。

まぐわいの中での話を聞くだけだから、のぞく必要はないとも思ったが、おゆうの喘《あえ》ぎ声を耳にしていると、のぞきたくなってくる。

私の中に、こんな衝動があったとは。

「あ、ああ、気をやりそうっ、もう、気をやりそうなのっ」

おゆうの切羽《せっぱ》詰《つ》まった声が洩《も》れてくる。

佳純はそっと節穴をのぞいた。

おゆうが壁に背をついて立っていた。おゆうの小袖《こそで》と肌襦袢《はだジュバン》の前がはだけ、たわわな乳房がまる出しとなっていた。

が、弥平はその乳房にしゃぶりついてはいなかった。おゆうの足下に膝をつき、おゆうの股間に顔を埋《うず》めていた。そばに、腰巻が投げ捨てられている。

女陰《ほと》を舐められているんだ……。

「もう、もうだめ……」

おゆうが、いく、と告げて、白い躰をがくがくと震わせた。

うっとりとしたおゆうの顔が眩《まぶ》しい。

「ああ、あたいも、気持ちよくさせたい」

と、おゆうが言うと、弥平が立ちあがった。代わって、おゆうがしゃがみ、着物の帯を解《ほど》き、褌《ふんどし》を取った。

弥平の魔羅《まら》があらわれた。それは恐ろしく勃起していた。

あっ、と佳純は、思わず声をあげていた。

まずい、と思ったが、ふたりは気づいていないようだ。

佳純は大きくさせた魔羅を生まれてはじめて見た。

佳純は男知らずであった。口吸いさえ知らない。父が選んだ藩士と結ばれるのだろう、と思っていた。が、出奔し、藩士と結ばれることはなくなった。

そうなると、自分で相手を決めなくてはならない。剣の腕は一流だが、男女のことは幼子《おさなご》並だ。

「ああ、たくましい」

おゆうが舌を出し、弥平の反り返った魔羅を下から舐めあげていく。

「うう……」

と、弥平がうなる。

ああされると気持ちよいのか。

おゆうが先端にねっとりと舌腹を押しつけていく。

「ああ……」

弥平がうめく。

先端は野太く張っている。反り返った胴体には、静脈が浮かんでいる。見るからに、禍々《まがまが》しい。目をそらしたくなる。けれど、なぜか見てしまう。

おゆうはとてもうっとりとした横顔を見せて、弥平の先端を舐めている。

おいしいのか……。

先端の溝《みぞ》のようなところから、なにやら白い汁がにじみ出てきた。あれはなんだろう。

それを、おゆうがまったくためらうことなく、ぺろりと舐めた。汚くないのか。まずいだろう。

舐め取るとすぐに、溝からあらたな汁が出てくる。さっきより多めだ。

「ああ、うれしい、弥平さん」

潤《うる》んだ瞳で弥平を見あげながら、おゆうがそう言う。

うれしいのか。あれはおいしいのか。おゆうが舐めているのを見ていると、ふと、佳純も舐めてみたくなる。

舐めても舐めても、あらたな汁が出てくる。きりがないな、と思っていると、おゆうが唇を開き、ぱくっと先端を咥《くわ》えた。

野太い先端が、おゆうの口に包まれ、弥平がううっとうめく。そのまま、唇を反り返った胴体に沿って下げていく。おゆうの口の中に、たくましい魔羅がどんどんと呑《の》みこまれていく。

佳純はごくりと生唾《なまつば》を飲んでいた。あんな禍々しいものを口にするなんて、絶対いやだが、でも、見てしまう。喉がからからになってくる。

おゆうは弥平の魔羅のすべてを咥えこんだ。ちょっとつらそうに横顔をしかめる。でもすぐに頬《ほお》を窪《くぼ》め、吸いはじめる。すると、

「ああ、おゆう……たまらないよ」

と、弥平がうめき、腰をくなくなさせる。かなり気持ちよさそうだ。

ああすると、殿方は喜ぶのか。でも魔羅を咥えるなんて、私には無理だ。きっと吐いてしまうだろう。

おゆうは偉い。町人のおなごは、ああやって男を喜ばせなくてはならないのか。私には無理だ。でも、見てしまう。

気がつくと、頬に火照《ほて》りを覚えた。

おゆうが愛らしい顔を上下させはじめた。おゆうの唇を、唾まみれとなった魔

羅が出たり入ったりする。

「うんっ、うっんっ……うんっ……」

おゆうの頬がへこみ、ふくらみ、またへこむ。

「ああ、出そうだっ」

出るってなにが。さっきにじませていた汁だろうか。

おゆうの唇の上下動がさらに激しくなる。

「あ、あああっ、あああっ」

弥平がおなごのような声をあげる。かなり気持ちよさそうだ。

「ああ、出るっ」

と叫んだ刹那《せつな》、おゆうがさっと唇を引きあげた。大量の汁が溝から出てくる。

出したようだ。

「あんっ、おゆうの中に出して」

甘く鼻にかかった声で、おゆうがそう言う。

ということは、出してはいないのか。これは出したことにはならないのか。

溝からはさらに汁が出てきている。

弥平はおゆうの腕をつかむと、引きあげた。そして、唇を奪う。たった今まで魔羅を咥えていた唇を、弥平が吸う。

「うんっ、うっんっ……うっんっ……」

口吸いをするふたりに、佳純は見惚《みと》れる。さらに喉がからからになっている。

弥平が口吸いをしたまま、唾まみれの魔羅をおゆうの股間に突きつけていく。

あっ、と思ったときには、鎌首《かまくび》がおゆうの中にめりこんでいた。

「あうっ……」

おゆうがあごを反らす。そんななか、弥平の魔羅がおゆうの中にずぶずぶと入っていく。

「ああ、すごい……」

思わず佳純は声をあげていた。まずい、と思ったが、それは、おゆうのよがり声にかき消されていた。

「いいっ」

と叫び、おゆうのほうから股間を合わせていく。瞬《また》く間に、弥平の魔羅が呑みこまれた。あんなにたくましく大きかった魔羅がすべて、おゆうの中に入っていた。

弥平とおゆうは物置の中で立ったまま、繋がっている。

まさか、立ったままですることができるなんて思ってもみなかった。男女の営みというのは、真っ暗な床におなごが寝て、そこに男がのしかかるものだと思っていた。

が、今、佳純の目の前で行われているのは、想像外の営みだった。いや、これは営みといえるのだろうか。男女のまぐわいは、子を作るためにするものだ。武家ではそうだ。

でも今、佳純の前で弥平とおゆうがやっていることは、子を作るためのものではないように思えた。

「あ、ああっ、いい、いいっ」

弥平が正面から突くたびに、おゆうが甘い声をあげる。

突いている弥平のほうも、突くたびにうめいている。どちらもとても気持ちよさそうだ。男女の営みというのは、あんなに気持ちよいものなのか。

弥平がおゆうから魔羅を引き抜いた。

先端からつけ根まで唾でぬらついている。いや、違う。あれは唾ではない。

おゆうの女陰の中の……露《つゆ》……。

あんなにぬらぬらになるくらい、おゆうは女陰を濡らしているのか。でも思えば、あのようにたくましい魔羅を受け入れるのだ。露まみれにしておかないと、女陰が傷つくかもしれない。

「そこに手をついて、おゆう。うしろから入れてやる」

うしろから。どういうことだ。

おゆうは小袖と肌襦袢を脱ぎ、全裸になると、弥平の言葉に素直に従い、立ったまま壁に手をつく。

そして、ぷりっと張った尻を弥平に向けて突き出してみせる。

おなごの佳純から見ても、どきりとする。

弥平が勃起させたままの魔羅を揺らし、おゆうの背後に立つ。尻たぼをつかみ、ぐっと開くと、立ったまま背後から突き刺していった。

えっ、という佳純の驚きの声と、ああっ、というおゆうの愉悦の声が重なった。

おゆうが声をあげていなかったら、さすがに気づかれていただろう。それくらい、佳純にとって、立ったままうしろから繋がる行為は驚きだった。

弥平が尻たぼをつかんだまま、腰を前後に動かす。

「ああっ、ああっ……いい、いいよっ」

抜き差しするたびに、おゆうが歓喜の声をあげる。

あんな形で男と女は営みをできるのだ。信じられない。

「おう、いいぞ、おゆう、くいくい締めてくる」

弥平がうなっている。

「もっと、もっと突いて、弥平さん」

と、おゆうはさらなる激しい責めをねだっている。

「こうかっ、おゆうっ」

と聞きつつ、弥平がずどんずどんと突いていく。

「いい、いいいっ、いいっ……」

おゆうが絶叫する。

佳純は躰の火照りを感じていた。他人のまぐわいを見ているだけで、躰の奥が熱くなる。

これはなんだ。こんなこと、はじめてだ。もちろん、他人のまぐわいを見ること自体、はじめてだが、躰の異変に、佳純は戸惑う。

「ああ、出そうだ」

「来てっ。ああ、いっしょにっ、ああ、弥平さん、おゆうといっしょにっ」

いっしょにって、なんだ。

「ああ、いくぞっ、いくぞ、おゆうっ」

「来て、来てっ」

弥平がとどめを刺すように、力強く突いた。

おうっ、と吠《ほ》えて、腰を震わせる。すると、

「ひいっ……いく、いくいく、いくうっ」

と、いまわの声をあげて、おゆうが汗ばんだ裸体を痙攣《けいれん》させた。

ふたりともいったのだ。いっしょにいったのだ。

男知らずの佳純は、ふたりのまぐわいに圧倒されていた。

四

越前屋に戻ると、佳純の部屋に膳《ぜん》が運ばれてきた。

そして女中に代わって、左衛門が姿を見せた。

「用心棒をお引き受けくださり、ありがとうございます」

と、左衛門があらためて礼を言う。

「佳純さんが用心棒をしてくだされば、もう鬼に金棒です」

「引き受けたからには、なにがあっても、越前屋のみなさんをお守りします」

佳純は決意をあらたにしていた。

「ところで昨日のことなのですが、綾乃さんが連れ去られるような心当たりはあるのですか」

あの場で三人の浪人たちを斬っていたが、あの三人の考えで、綾乃を攫《さら》おうとしたとは思えなかった。裏には親玉がいるはずだ、と思った。

「私どものように大きく商いをさせていただいているところは、たびたび狙《ねら》われるのです」

「狙われる……」

「はい。子を攫って、身代金を要求する事件は、実はたびたび起こっているのです」

「そうなのですか」

「はい。商売をやっている身としては世間体を考えて、表沙汰《おもてざた》にしていないのです。昨日のことも、番所には訴えておりません」

「そうですか」

「たびたび起こることゆえに、送り迎えに手代をつけていたのですが、その手代が裏切るとは思ってもみませんでした」

「伊吉さんは、あれから」

「行方知れずです。攫われたこと自体、番所に訴えておりませんから、伊吉のことも訴えておりません。長年、店に尽くしてくれた男ですから、ゆるします」

「そうですか。しかし、また攫われるかもしれませんね」

「はい。しばらくは番頭に送り迎えをさせます」

「それがよろしいでしょう」

左衛門が出ていった。佳純は膳に箸《はし》をつける。

どうしても、さっきの物置での恥態が蘇《よみがえ》る。

まだ、躰の火照りは鎮《しず》まっていない。

弥平は怪しい。色じかけで、おゆうを落とし、引き込みにさせようとしているかもしれない。もしかしたら、すでに家の見取り図は渡しているかもしれない。すでにかなりの仲のように見える。

佳純の脳裏に、新米同心の顔が浮かぶ。明日、真之介様に弥平のことを探るように頼んでみよう。

ひとり膳を前にしていると、佳純は亡き父のことを思い出す。

佳純は西国のとある藩の士分の娘だった。父、辰馬《たつま》は馬廻役《うままわりやく》を務めていた。

辰馬には、子は佳純しかおらず、おなごであったが、剣の指南を受けていた。

佳純には剣の素質があり、藩の道場でもめきめきと力をつけていった。

そして三年前。年に一度行われる藩の剣術大会に、佳純はおなごとしてはじめて出た。そのとき、優勝者には剣術指南役を与えられることになっていた。

腕に覚えのある者はみな、目の色を変えた。

佳純は次々と相手を倒し、決勝まで進んだ。相手は同じ道場で竹刀を合わせている矢島堅三郎《やじまけんざぶろう》であった。道場の中では、力は拮抗《きっこう》していた。

矢島は国家老の三男で、そもそも剣術指南役に推挙されていた。が、堅三郎自身が、それでは父の力で決まったように思われるのをいやがり、優勝した暁に、指南役を受けると言い出したのだ。

そして決勝戦。戦いは拮抗していたが、最後、佳純の切っ先が、堅三郎の切っ先よりわずかにはやく、相手の額に届き、佳純の面が決まった。

その刹那のことは、忘れられない。決勝までは佳純が勝つと、やんややんやの喝采《かっさい》となったが、佳純の面が国家老の三男に決まった刹那、水を打ったように静まり返ったのだ。

佳純は優秀者となったが、剣術指南役の話は来なかった。

佳純が剣術大会の相手をみな、色じかけで落として、言いなりにさせていた、という噂が流れはじめたのだ。堅三郎に至っては、決勝の直前に、佳純が二発精汁を出させたという噂が真《まこと》の話のように流れていた。

佳純はおなごの剣客として、藩の中では知られた顔だった。その噂のせいで、うしろ指をさされるようになってしまった。

そして佳純ではなく、堅三郎が剣術指南役に任命された。

佳純が色じかけで相手を落としていたという噂を流したのは、堅三郎自身だと知った父が、堅三郎に斬りつけたのだ。堅三郎は、命は取り留めたが、深い傷を負った。

佳純は父とともに出奔し、江戸まで流れていた。

一年ほどはおとなしくしていたが、刺客が来ないのを見て、父は道場をはじめた。佳純はそこで師範代を務めた。

道場はうまくいっていたのだが、父が病に伏せってしまい、亡くなったあとは、佳純ひとりで道場を続ける気力はなくなり、そこで剣も捨てることにしたのだ。

暮らしのために手習所をはじめたが、やはり剣を捨てることはできず、日々、素振りの鍛錬に励んでいた。

五

「お頭《かしら》」

と、声をかけると、よし、と中から声がした。

弥平は板間に膝をついたまま、戸を開いた。

いきなり、白い尻が目に入ってきた。いつものことで、驚くことはなかった。

「弥平です」

「うむ」

と、鬼蜘蛛の頭である色右衛門《しきえもん》がうなずく。色右衛門は板間にあぐらをかいていた。その股間に、千鶴《ちづる》が顔を埋めていた。色右衛門は着物をつけていたが、千鶴は裸であった。

むちっと張った双臀《そうでん》が、弥平に向けて突き出されている。

いつ見ても、生唾ものの尻だ。いつか一度だけでも、この尻から突っこんでみたいと思う。

千鶴は弥平同様、鬼蜘蛛の一味であったが、鬼蜘蛛のおなごはみな、色右衛門のものであった。

「越前屋の見取り図、手に入れました」

懐から一枚の紙を取り出し、千鶴に尺八《しゃくはち》を吹かせているお頭に渡す。

色右衛門はそれを開き、目を通す。

「越前屋に用心棒が入りました」

「ほう、そうか」

「おなごです」

「ほう……面《つら》はどうだ」

「それが、目を見張るほどの美形なのです」

「ほう……」

色右衛門の股間で、千鶴がうめいた。恐らく用心棒が美形だと聞いて、魔羅がひとまわり太くなったのだろう。

色右衛門は異常なくらいのおなご好きである。押し入る先では、必ずそこのおなごたちを犯した。

ふつうは押し入って、千両箱を手にしたら、一刻もはやく逃げることを考えるだろう。が、色右衛門は違った。まずは、おなごを犯し、それから千両箱に向かうのだ。

おなごを犯すことが主で、盗みを働くのはついでのように感じることが多かった。

今も千鶴にしゃぶらせているが、お頭の魔羅がおなごの口や女陰に包まれていないことを見たことがなかった。ここに来ると、いつも誰かしらの口か女陰に包まれていた。

「名は」

「佳純といいます」

「ほう、生娘《きむすめ》なのか」

「恐らく」

「それはいい。越前屋は後妻と三人の娘がいるが、みな美形なのだ。何度も見ているが、それに美形の用心棒が加わるとなると、これは大仕事になるな」

色右衛門が言う大仕事とは、大量の千両箱をいただくことではなく、大量のおなごを犯すことであった。

「もしかしたら、おゆうのことに気づかれたかもしれません」

「ほう。もうか」

「今日、物置でまぐわっていたのですが、のぞかれているような気がしました」

「佳純がのぞいていたか」

すでに自分のおなご扱いである。ううっ、と千鶴がうめき、唇を引きあげた。のぞいている佳純を想像して、さらに大きくさせたのだ。

「口を引くな、千鶴」

「すみません、お頭」

千鶴はすぐさま、色右衛門の魔羅にしゃぶりつく。

「会ってすぐに見取り図をもらって、のぞかれているかなと思ってからは、いっさい押し込みの話はしていませんから、はっきりと気づかれてはいないと思いますが、気をつけなければなりません」

「そうだな。しかし、その佳純とやらを一度見てみたいな」

おなごの用心棒にかなり興味を持ったようだ。

「あっしも、佳純のことを探ってみます」

「頼むぞ」

色右衛門が千鶴の髷《まげ》をつかみ、顔を引きあげた。

「尻から入れてやる」

と言うと、千鶴が弥平に顔を向ける形で、お頭に双臀を向ける。

弥平がいるときは、もっぱらこの形で繋がる。よがり顔を弥平に見られて燃える千鶴を突くのが好きなのだ。

「もっと尻を上げろ」

ぱしっと尻たぼを張る音とともに、あんっ、と千鶴が甘い声を洩らす。

千鶴の尻たぼは性感帯だ。突きながら張れば、ひいひいよがる。毎度見せつけられているから、わかっている。

そもそも千鶴はわざと尻を上げなかったのだ。張られる口実を作ったのだ。

千鶴が尻を上げる。色右衛門がずぶりと背後から突き刺す。

「ああっ」

千鶴が弥平の真ん前で、喜悦の声をあげる。どれくらいしゃぶらされていたのだろうか。突き刺されただけで、気をやりそうな表情を見せる。

色右衛門がずぶずぶと突き刺していく。

「ああっ、いい、いいっ……大きいっ、ああ、魔羅、大きいですっ」

ひと突きごとに、千鶴が叫ぶ。

「ほう、今宵はいつも以上に締めるじゃないか、千鶴。佳純に悋気《りんき》を覚えたか」

そう聞きながら、色右衛門は突きつづける。

「ああっ、お頭こそ……ああ、佳純を思って、あたいを突いているのでしょう」

色右衛門も千鶴も、佳純を見たことはないのだ。弥平の話を聞いただけで、佳純を種に盛りあがっている。

美形のおなごの用心棒というところがいいのだろう。おなごの剣客など、たいてい醜女《しこめ》だ。が、佳純は違う。見目麗《みめうるわ》しい剣客なのだ。

もしかして、押し入ったときに、お頭が生娘の花を散らしたあと、俺にもまわしてくださるかもしれない。

「いい、いいいっ、魔羅いいいっ」

千鶴のよがり顔を見ながら、弥平も佳純を思い、勃起させていた。

六

翌朝——自宅に戻り、ひと寝入りしたあと、稽古着《けいこぎ》に着がえると、佳純は大刀を持って庭に出た。

素振りは日課であるが、いつも以上に力が入る。

これまでは、武家のおなごとしての嗜《たしな》みのひとつとしての素振りだったが、今は違う。実戦のための素振りだ。

越前屋は必ず狙われる。後妻も三人の娘も美しい。押し入った先では必ず、おなごを犯す鬼蜘蛛ならば、越前屋に目をつけないはずがない。

真剣を振っていると、すぐに汗ばんでくる。

いつもなら無になれるのだが、物置での汗ばんだおゆうの裸体が脳裏に浮かぶ。

大刀を強く振ると、乳首がさらしに強くこすれた。

「あんっ……」

甘い声を洩らす。

その声が自分のものだと気づき、佳純ははっとして、素振りを止める。

今、私は変な声をあげなかったか。

佳純は素振りを再開する。するとまた、乳首がさらしに強くこすれた。

「はあんっ」

自分の声に驚く。

いったいどうしたのだろうか。こすれて喘ぐくらい、乳首が勃《た》っているのだろうか。

佳純は稽古着をもろ肌脱ぎにした。

さらしで乳房を包んでいる。佳純の乳はかなり豊かで、刀を振るとき、さらしでかなり押さえていないと邪魔になる。

昨晩、上半身裸で大刀を振ったときは、ひと振りごとに、たぷんたぷんと重たげに乳房が揺れた。

佳純はまわりを見た。生け垣で囲まれ、人の姿はない。

さらしを取った。押さえこまれていた乳房が、ぷるるんっと弾みつつ、あらわになる。すでに汗まみれとなっていて、甘い匂いが薫《かお》った。

「ああ……乳首が……」

桜色の乳首が、ありえないくらいとがっていた。これがさらしにこすれて、刺激を受けたのだ。

こんなに勃った我が乳首を見るのは、はじめてだった。

昨日、物置でのまぐわいをのぞいてから、佳純の躰が変になっている。

佳純は手拭《てぬぐい》を持つと、鎖骨《さこつ》の汗を拭《ぬぐ》い、そして乳房の汗も拭った。するとまた乳首がこすれ、せつない刺激を覚えた。

「あっ……」

またも、声をあげてしまう。

が、汗を拭《ふ》くのをやめなかった。そのまま、乳房の汗を拭っていく。知らずしらず、強めにこすっていた。

「はあっ、ああ……あん……」

甘い喘ぎが止まらない。それは、乳首を手拭でこすっているからだ。わかっていて、やめられない。

やめるのよ……いいえ、これは汗を拭っているだけ……感じるからこすっているのではないの……。

「あ、あんっ、あんっん」

佳純は甘い喘ぎを洩らし、上体をくねらせはじめた。


そんな佳純を、新崎真之介は生け垣越しにのぞいていた。

昨晩の用心棒はどうだったか尋《たず》ねるために、佳純の家を訪ねたのだが、おなごの喘ぎ声のようなものを耳にして、そっと庭をのぞいたのだ。

すると、思わぬものが目に飛びこんできた。

佳純の乳房……それは、たわわに実り、見事なお椀形《わんがた》を描いていた。豊満だとはなんとなく思っていたが、まさか、これほどまでに豊かな乳をしていたとは。

驚いたのはそれだけではない。乳首が、とがっていたのだ。しかも、佳純はそれを手拭でこすりはじめたのだ。

まさか、佳純さんが……このようなことを……。

この目で見ていることなのに、にわかには信じられない。

しかし、なんて美麗な乳なのだ。そしてなにより、なんて顔で喘いでいるのだ。

真之介はおなご知らずである。真之介は若くして、父のあとを継ぐことになったが、年が近い同朋たちはみな、岡場所でおなごを知っていた。真之介も誘われたが、あまり乗り気ではなかった。

乗り気ではない理由のひとつが、佳純にあった。

真之介は佳純のことを憎からず思っていた。佳純の父がやっていた道場で、竹刀を振っている佳純をはじめて見たときから、胸が熱くなった。

美しくも凛々《りり》しく、品がよくて優しい。

はじめてのおなごは、佳純がよい、と勝手に決めていた。決めてはいたが、佳純に思いを告げているわけではない。じっと見守っているだけだ。

その佳純が、思った以上の豊かな乳の持ち主で、今、自らの手で乳首に刺激を与えて喘いでいる。

真之介は金縛りにあったようになっていた。

佳純がようやく乳房から手拭を引いた。首すじの汗を拭い、そして左の腕を上げると、二の腕の内側の汗を拭っていく。

左の腋《わき》のくぼみには、わずかな和毛《にこげ》が貼《は》りついている。なぜなのか、そこに視線が引きよせられる。

腋のくぼみも汗ばんでいた。あそこに顔を埋めてみたい、と思った。

そんなくぼみの汗も、佳純は拭っていった。

そして、あらためて、乳房にさらしを巻いていく。乳首はまだとがったままだ。

「はあっ、あんっ」

またも、佳純が喘ぐ。喘ぎながらも、豊満な乳房をさらしで包んでいく。

そして稽古着を引きあげると、あらためて大刀を手にした。

しゅっと空気を切り裂く。

「あんっ」

またも喘ぎを洩らす。

真之介は勃起させていることに気づいた。佳純を見て勃起させるなど冒瀆《ぼうとく》のような気がして、あわてて目をそらした。

そのとき、がさっと音を立ててしまった。

「誰っ」

佳純がすぐに気がついた。さすが用心棒をやっているだけのことはある。

隠れても無駄だと思い、

「新崎ですっ」

と、返事をした。

「ああ、新米……いえ、新崎様ですね」

佳純の声が穏やかになる。

真之介は生け垣をまわり、裏木戸を開いて庭に入った。

「あの……いつから、いらっしゃったのですか」

真之介を見つめる佳純の瞳は、潤んでいた。問うた声も甘くかすれていた。

「えっ、いや、今、来たばかりだ」

「そうですか……」

信じていないように見えた。きっと真之介の顔がいつもと違うのだろう。平静を装いたかったが、新米同心ゆえに無理だ。乳を見ましたぞ、感じているところを見ましたぞ、と顔に出ているに違いない。

「用心棒、いかがであったか」

と、真之介は問うた。

「ああ、用心棒……そうですね……昨晩はなにも……」

「そうか」

「あの……」

「なんだ」

のぞいたことを問われるのか、と真之介は身構える。

「越前屋に出入りしている小間物屋の弥平のことを……調べてほしいのです」

「弥平……」

のぞいていたことには気づかれていないようだ。安堵する。

「弥平と女中のおゆうが……その……できているようなのです」

「できている……」

「はい……」

と言って、佳純が頬を染める。

「どうして、できているとわかったのだ」

「それはその……」

「それは、なんだ」

佳純の恥じらうそぶりがたまらなく、真之介は柄にもなく、しつこく問うてしまう。

「あの……ま、まぐ……」

「まぐ……」

「まぐわっていたからです」

羞恥《しゅうち》の息を吐くように、佳純がそう言った。

まさか佳純の口から、まぐわっていた、という言葉を聞くとは思いもしなかった。

「そうか。それなら、できていることは間違いないな。それで、なにが怪しいのだ」

「引き込みです。鬼蜘蛛が押し入るのなら、引き込みがいります。おゆうが落とされているのではないか、と思って……」

「なるほど、そうか。その、まぐわっていたというのは……見たのか」

さらにしつこくからむ。ふだんのお務めの尋問《じんもん》も、これくらいからむことができればよいのだが。

恥じらう佳純が、真之介をしつこくさせていた。

「はい……見ました……」

「のぞいたのか」

「はい……のぞきました……」

なるほど、それを思い出して、乳首を勃たせていたのだろう。

佳純も大人のおなごである。まぐわいを見せつけられれば、躰を火照らせることもあるだろう。

「ああ、のぞきなんて、なんとはしたないまねを……してしまったのでしょう」

佳純の美貌《びぼう》が曇る。

「それは、弥平が怪しかったからであろう。だから弥平の様子をうかがっているうちに、まぐわいをのぞくことになったのだろう」

「はい。おゆうさんの様子がおかしくて、おゆうさんをつけていたら物置に入って、そこで……」

「物置をのぞいたのか」

「はい……佳純のこと、軽蔑《けいべつ》なさるでしょう」

と、佳純が案じるような目を真之介に向けてきた。

これはいったい、どういう眼差《まなざ》しなのか。わしに軽蔑されるのが怖いのか。それは、わしを意識しているということか。

もしや、わしのことを……好きということか……。

「まさか。引き込みかもしれないと案じて、のぞいたのであろう」

「そうです。わかってくださって、うれしいです」

と、佳純が笑顔を見せた。思わず、抱きしめたくなる。

抱きしめてよいのではないのか。いや、さすがに唐突すぎる。

でも今、佳純の乳首は勃ったままなのではないのか。今、胸もとをつかめば、乳首が押しつぶされ、あらたな快感を与えることができるのではないのか。

「いかがなさいましたか、新崎様」

「えっ……」

「いえ、さっきから、なにか、いつもと違っていて……」

「そのようなことはないぞ」

「あっ……もしや……私の……乳を……」

「えっ……」

「いえ、なんでもありません」

佳純がまた、真っ赤になる。

抱きしめたい。今なら口吸いもできるのではないのか。佳純と口吸い……。

「乳が、どうしたのだ」

「いえ……なんでもありません。弥平のこと、おねがいします」

そう言うと、佳純は濡れ縁に上がり、そのまま座敷に消えた。

第二章　引き込み

一

「ここは、もっと跳ねてね」

神田の手習所《てならいどころ》。佳純は子供たちに習字を教えていた。朱筆で、子供たちが書いた字に指導を加えていく。

「あれが、佳純です」

と、弥平が言う。手習所から離れた場所から、弥平は色右衛門とともに遠めがねでのぞいていた。

「ほう、あれか。なんともいいおなごではないか」

「はい」

「あれで、凄腕《すごうで》なのか」

「そのようで。娘が攫《さら》われそうになったところにあらわれて、三人の浪人を次々と斬《き》ったらしいです」

「あの顔でか。虫も殺さぬような顔をしているぞ」

「そうですね」

「たまらぬな。胸も尻も張っているようだな」

遠めがね越しに、色右衛門の視線が佳純の躰《からだ》をなぞるように這《は》う。

佳純が筆を止めて、こちらを見た。かなり離れていたが、視線を感じたのか。

「さすが、お頭《かしら》ですね。こんな離れたところから視線を感じさせるとは」

「俺は視線だけでも犯すことができるぞ」

と言って、色右衛門は遠めがね越しに、佳純の胸もとを凝視する。

すると佳純が、あっ、と唇を開き、胸もとを押さえた。

それを見て、色右衛門は勃起させていた。

「ありがとうございます。また明日、おねがいします」

越前屋の番頭の太助《たすけ》は、佳純に向かって頭を下げた。

「綾乃ちゃんをおねがいします」

と、佳純が言う。澄んだ瞳で見つめられると、どきりとする。越前屋の三女の綾乃が攫われそうになってから、番頭の太助が送り迎えをするようになっていた。

そこではじめて、佳純と会った。武家のおなごで美人だとは聞いていたが、その美貌《びぼう》は想像以上だった。

どうして番頭の自分が三女の送り迎えをしなければならないのか、と思っていたが、佳純と会ったとたん、日に二度こうして顔を合わせるのが楽しみとなった。

太助は越前屋に奉公をはじめて、もう十八年になる。十二の頃から丁稚《でっち》として働きはじめたから、もう三十だ。嫁取りの話は何度もあったが、みな断っていた。

太助には意中のおなごがいた。

越前屋の長女の沙織《さおり》だ。沙織は太助より八つ下で、丁稚の頃はよく遊び相手をさせられた。幼少の頃から美人と評判になっていた。

年頃になると、とうぜん嫁に、という話はひっきりなしにあったが、なぜか沙織は断りつづけていた。

そのうち越前屋に男がいないこともあり、婿《むこ》を迎えようという話になった。が、それも、沙織は断りつづけた。

そんな長女を見ているうちに、もしかして沙織はあっしのことを好いているのではないのか、婿として迎えたいのではいのか、と思うようになっていた。

番頭である太助を婿にすれば、越前屋は安泰である。外から迎える必要はない。が、今のところ、そんな話は出ていなかった。

沙織が婿取りしないいゆえに、太助も嫁を取れずにいた。

「佳純先生は、お強いそうですね」

と、帰りながら、太助は綾乃に聞く。

「もう、すごいの。刀を取ると、えいっ、やっ、と斬るの」

と、綾乃が指を立てて、やっとうのまねをする。もう何度も見ている仕草だったが、愛らしい。

次女の夏美《なつみ》も美しい。もちろん、綾乃も美形であった。

今、江戸では鬼蜘蛛の話題でもちきりだ。

押し込みだが、必ず押し入った先のおなごを犯すのだ。それも美形にしか興味がないという。

犯しはするが、殺したりはしない。犯しているとはいっても、それは噂《うわさ》であった。押し入られるのは、みな大店《おおだな》だ。そのおなごが押し込みに犯されたなど、口が裂けても口外しないだろうし、使用人にも箝口令《かんこうれい》を敷いているだろう。が、人の口に戸は立てられない。どこからか洩《も》れて、それが読売の耳に入り、江戸中の噂の種になるのだ。

太助は人に会うたびに、越前屋は必ず狙《ねら》われますよ、と言われる。

太助もそう思う。沙織、夏美、綾乃の美人三姉妹だけではなく、後妻の千代《ちよ》も美形なのだ。綾乃は幼いが、美人と評判のおなごが三人もいるのだ。

しかも越前屋はかなりの大店で、蔵には千両箱が山積みである。

そんな越前屋だが、主《あるじ》の左衛門はなかなか用心棒を雇おうとはしなかった。用心棒はたいてい浪人である。口入れ屋の紹介とはいえ、美人の娘たちと同じ屋根の下に、寝泊まりさせたくないのはわかる。

どうするのだろう、と案じていたら、佳純である。

おなごの剣客とは驚いた。しかし、たったひとりで大丈夫なのだろうか。

店に着いた。

「綾乃お嬢様、お帰りです」

と言うと、帳面をつけていた左衛門が、とびきりの笑顔で三女を迎えた。

夕方、仕事を終えると、太助は店を出た。丁稚から手代までは、寝食をともにしているが、番頭になると、外に家を借りて通いとなる。

番頭は馴染《なじ》みの飯屋に入った。

「いらっしゃいませ」

と、見慣れぬおなごが声をかけてきた。

はっと目を引く美貌で、色香を感じた。こんな飯屋の小女《こおんな》にはふさわしくない雰囲気である。

飯屋ははやっていて、席はすべて埋まっていた。

「こちらに」

と、おなごが小上がりを勧める。

「いや、そこは……」

「どうぞ」

と、おなごに言われ、では、と太助はひとりで小上がりに上がった。

「酒を」

と頼むと、はい、とおなごが返事をする。つい、うしろ姿を見てしまう。尻がぱんっと張っている。うなじがなんともそそる。

歩いている姿を見ているだけでも股間に来る。

そう言えば、このところ店が忙しくて、岡場所にも行っていない。今宵《こよい》は家に帰れたが、このところは鬼蜘蛛を警戒して、太助も店に遅くまで残っていた。泊まることも多い、
おなごが徳利とお猪口《ちょこ》をお盆に乗せて、戻ってきた。

太助と目が会うと、笑顔を見せる。小女としての愛想なのだろうが、笑顔を見せられて悪い気はしない。

おなごが小上がりに上がってきた。お猪口を太助に渡し、自分は徳利を手にする。

「一杯、どうぞ」

この店では、最初の一杯は酌《しゃく》をしてくれる。

太助がお猪口を出すと、おなごが徳利を傾けてくれる。すぐにいっぱいになる。

太助は一気に飲んだ。

「どうですか」

と、おなごが聞いてくる。顔が近い。甘い薫《かお》りがする。

「うまい」

「もう一杯、どうですか」

「いいのかい」

「もちろんですよ」

お猪口を出すと、すぐに二杯目を注《つ》いでくれる。

そばにぴたっと座り、徳利を傾ける。つい、太助はおなごの横顔を見てしまう。

「あっ……」

と、おなごが声をあげた。

「ごめんなさい……」

お猪口から酒がこぼれていた。着物の股間あたりを濡らしていた。

おなごは懐《ふところ》から手拭《てぬぐい》を取り出すと、ごめんなさい、と謝りながら、着物にこぼれた酒を拭《ぬぐ》う。が、それは股間を拭うことを意味していた。

太助は瞬《また》く間に勃起させていた。おなごがそれに気づいたような顔をした。が、構わず、むしろ強く手拭を押しつけてくる。

「女将《おかみ》さんには、黙っていてくれますか」

股間を拭いつつ、おなごが耳もとに顔を寄せ、息を吹きかけるようにして、そう言った。

「言わないよ……」

「優しいんですね。千鶴といいます」

そう名乗ると、おなごは小上がりから下りた。

刺身と煮物を頼むと、はい、と千鶴は笑顔を見せた。

太助は一気に、千鶴に惚《ほ》れてしまったが、手酌で飲みつつ、待てよ、と思いはじめた。

押し込みは、まずは押し入る先の店に引き込みを作ると言われている。見取り図を手にして、押し込む夜に、裏木戸の閂《かんぬき》をあらかじめ開けておいてもらうためだ。

だから店が終わったあと、主の左衛門がいつも使用人たちに向かって、色じかけには気をつけるようにと言っている。番頭である太助にも念を押していた。

千鶴が刺身を運んできた。どうぞ、と卓袱台《ちゃぶだい》に皿を置く。千鶴が迫るだけで、甘い匂いが薫ってくる。それは太助の股間にびんびん響いた。

それから、太助は酒や料理を運ぶ千鶴から目を離せなくなっていた。酒も進み、いつもならお銚子《ちょうし》二本でやめるのだが、すでに五本も頼んでいた。

頼めば二杯、酌をしてくれるからだ。

太助に限らず、千鶴に酌をしてもらいたくて、いつもよりたくさん酒を頼む客が多かった。

結局、太助ははじめて、店が閉まるまでいた。

「このあと私、いつも屋台で飲むんです。よかったら、ちょっとつき合ってもらえませんか」

帰りぎわ、千鶴がそう耳打ちした。

これは罠《わな》なのでは、と太助は思った。太助を越前屋の番頭と知って、引き込みにするために、接近してきたのではないか、と。

が、わかった、と太助はうなずいていた。

「じゃあ、真中《まなか》神社で待っていてください」

と言うと、千鶴は暖簾《のれん》を下げた。

真中神社は飯屋からすぐのところにあった。太助は酔いざましもかねて、歩いてゆく。

太助はこれまでおなごにあまり縁のない人生を送ってきた。沙織お嬢様を思っていることもあったが、今宵のようにおなごのほうから迫られることなどなかった。

それゆえ、千鶴からの誘いは怪しかった。まっすぐ帰ったほうがよかった。

――色じかけには、くれぐれも気をつけるように。

左衛門の顔が、太助の脳裏に浮かぶ。

違う。千鶴はそんなおなごではない。ただただ帰りに飲む相手が欲しかっただけだ。今宵はひとりで飲みたくなかっただけだ。

いや、そんなわけがない。帰るのだ。

太助は鳥居から出た。すると往来の向こうから、千鶴が駆けてくるのが見えた。

「お客さんっ」

と、太助を目にすると、千鶴がうれしそうに笑顔を見せて、手を振ったのだ。

こんなふうに、おなごに手を振られたことなどなかった。

太助は柄にもなく、思わず手を振り返していた。

駆けてきた千鶴が、勢いのまま太助に抱きついてきた。

「あっ、ごめんなさい……」

と言いつつも、千鶴は太助に抱きついたままでいる。そして、胸もとから顔を上げて、

「お名前、教えてくださいな」

と言った。

二

「太助だ」

と、名を告げた。

「太助さん」

名前を呼びつつ、じっと見あげてくる。こうして見ると、千鶴はなんとも男好きのする顔だった。全身から匂うような色香が漂っている。

唇が近い。このまま容易に口吸いができそうな気がする。

「行きましょうか」

と言って、千鶴が離れる。思わず引きよせたくなるが、できない。

「あら……」

千鶴が手のひらを天にかざした。

「雨が……」

ぽつぽつと来ていたが、いきなり強くなった。

「あっ、雨宿りをっ」

と、千鶴が太助の手を取り、鳥居を潜る。

小さな神社で、すぐに拝殿に着く。軒下を借りる。

「ああ、けっこう濡れましたね」

と言って、懐から手拭を出すと、千鶴が太助の顔に当てる。

「千鶴さん、はやく拭《ふ》いてください」

「私はいいんです」

と言って、額に手拭を当てている。千鶴は濡れたままだ。雨に濡れ、ますます色香が匂ってくる。

「私が……」

と、千鶴から手拭を取ると、太助は千鶴の顔に当てる。

千鶴は瞳を閉じて、太助に委《ゆだ》ねる。

さっきまで閉じていた唇が、やや開いている。睫毛《まつげ》が長い。

思わず、見惚《みと》れてしまう。

いきなり雷が鳴った。空が光る。

「きゃあっ」

と、千鶴が抱きついてくる。

「雷、苦手なんです」

「そうか……」

千鶴が胸もとに顔を埋《うず》めている。太助は背中に手をやる。

また、ごろごろと雷が鳴った。

「いやっ」

さらに強く抱きついてくる。

「中に入りましょう」

拝殿の戸を引くと、難なく開いた。開かなかったらあきらめるつもりだったが、開いた。

千鶴とともに中に入る。また雷が鳴り、外が光る。

「きゃあっ」

と、またもしがみついてくる。そして、千鶴のほうから唇を合わせてきた。

「う、うう……」

太助は目をまるくさせた。いいのか、と顔を引く。

「ああ、口吸いを……くっついていないと、怖くて……」

と、千鶴が言う。怯《おび》えた表情をしている。

これは罠ではない。罠で、雷を鳴らすことはできない。

千鶴は真《まこと》に怯えて、太助と抱き合っていたいのだ。それだけだ。

太助はそう言い聞かせ、今度は自分から口を唇に重ねていく。すると、千鶴はしがみつき、舌先で口を突いてきた。舌をからめるのか。よいのか。

岡場所の女郎は口吸いとはいっても、口と唇を合わせるだけだった。なんとも味気ない口吸いだったが、千鶴は舌をからめたい、と突いている。

罠ではないのか。一度舌をからめてしまったら、もうあと戻りできない気がする。いや、雷のせいだ。雷がなかったら、千鶴は俺なんかと口吸いをしようとは思わない。

今宵だけだ。罠ではない。

太助が口を開いた。と同時に、また雷が鳴った。かなり近い。

「いやっ」

と叫び、千鶴が強くしがみつき、舌を入れてきた。すがりつくように、ねっとりとからめてくる。

「う、うう……」

太助はうめく。唾《つば》が甘い。とろけるようだ。ねちょねちょと舌をからめる。

ああ、たまらない。これぞ口吸いだ。女郎との口吸いは口吸いではない。

「うっんっ、うっんっ」

お互いの舌を貪《むさぼ》るようにからめていく。

「ああ、太助さん」

火の息を吐きつつ、千鶴が着物の合わせ目に手を入れてきた。胸板をじかに撫《な》でてくる。

「あっ……」

乳首をなぞられ、ぞくぞくっとした快感を覚える。

それを敏感に察知したのか、千鶴は胸板を撫でつづける。

「千鶴さんっ」

再び、太助から口吸いを求める。千鶴は胸板を撫でつつ、舌をからめてくる。

唾がさっきより、より濃厚になっている。

昂《たかぶ》っているのだろうか。俺と舌をからめて、千鶴は感じているのだろうか。

「はあっ、ああ……暑い……」

と言うと、千鶴が小袖《こそで》の帯を解《ほど》きはじめた。

「ち、千鶴さん……」

千鶴が帯を解き、しゅっと衣擦《きぬず》れの音を立てて抜く。すると、小袖の前がはだけた。

千鶴は肌襦袢《はだジュバン》を着ていなかった。いきなり乳房があらわれ、太助は目を見張った。

千鶴の乳房はなんとも豊かで、しかも美麗なお椀《わん》の形をしている。

乳首はすでにつんとしこりきっていた。それが誘っているように見える。

千鶴はそのまま迫り、再び太助の着物の合わせ目に手を入れてくる。今度は乳首を摘《つ》まんできた。

「あっ……」

思わず、おなごのような声をあげる。

千鶴はたわわな乳房をあらわにさせたまま、太助の乳首をいじっている。

太助も千鶴の乳房に手を伸ばした。そっとつかんでいく。すると、

「はあっ……」

と、千鶴が甘い喘《あえ》ぎを洩らす。

太助はそのまま、千鶴の左の乳房を揉《も》んでいく。

「あ、ああ、こちらも……いっしょに」

と、千鶴が太助の左手を取り、右のふくらみへと導いていく。太助は左右のふくらみを揉みしだく。なんともやわらかく、それでいて、ぷりっと弾《はじ》き返してくる極上の揉み心地だ。

千鶴が太助の着物の帯に手をかけてきた。解いていく。そして、前をはだけた。乳房を揉まれながら、上気させた顔を胸板に押しつけてくる。そして乳首を唇に含むと、じゅるっと吸ってきた。

「ああ……」

太助はうめいた。千鶴が乳首を吸いつつ、褌《ふんどし》に手をかけてくる。瞬く間に脱がされてしまう。

弾けるように、勃起させた魔羅《まら》があらわれる。

千鶴がそれをつかみ、

「ああ、たくましい、魔羅……」

と、甘くつぶやく。

「千鶴さんっ」

太助も千鶴の胸もとに顔を埋める。こちらはたわわなふくらみに、顔面が埋まる。千鶴の乳房は汗ばみ、甘い体臭が鼻孔を包む。

太助はぐりぐりと顔面を魅惑のふくらみにこすりつける。

「はあっ、ああ……」

千鶴は火の息を吐きつつ、魔羅をしごいている。

また、ごろごろと雷が鳴り、どかんっとそばに落ちる音がした。

「ひいっ」

と、千鶴が甲高《かんだか》い声をあげ、太助の後頭部を強く押しつける。

「う、うう……」

太助の顔面が完全に、千鶴の乳房に埋もれる。

「吸ってください……乳首を……吸って……」

太助は顔面を埋めたまま、乳房の頂点を探る。とがりを見つけると、吸いついていく。

「あうっ、うんっ」

千鶴が甘い声をあげて、ぐいぐい魔羅をしごく。

「うう、うう……」

太助はうめきつつ、乳首を吸いつづける。

「ああ、我慢できないっ」

と言うと、千鶴がその場にしゃがんだ。そして反り返っている魔羅に、すぐさましゃぶりついてきた。

先端が千鶴の口の粘膜に包まれ、吸われる。

「あぁっ、それっ……」

先端がとろけるような快感に、太助は腰をくねらせる。気持ちよすぎて、じっとしていられない。

千鶴はそのまま、反り返った胴体まで頬張《ほおば》ってくる。うんうん、うめきつつ、根元まで呑《の》みこんだ。そして、強く吸ってくる。

「ああ、ああっ、千鶴さんっ」

「うう、ううんっ……」

千鶴は根元から吸いつつ、太助を見あげている。その瞳は妖《あや》しく潤み、見つめられただけで、思わず射精しそうになる。ここで出してはだめだ、と太助は懸命に耐える。すると、

「太助さん、お口に出していいですよ」

と、唇を引いて、千鶴が言った。

「しかし、口に出したら……それで……」

終わってしまうのではないか、と太助は恐れていた。

ここまで来たら、最後までいきたい。女郎以外のおなごの中に魔羅を入れたい。千鶴をよがらせたい。

もう、これが罠でもよい。千鶴が念力で雷を落とし、拝殿の中で抱き合うことになったとしても、構わない。

千鶴をものにしたい。繋《つな》がりたい。

「お口だけで終わるつもりですか」

と、千鶴が逆に聞いてきた。

「いや、終わらないっ。口に出したくらいでは、終わらないよっ」

と、太助は叫んでいた。

「じゃあ、まずはお口にください」

と言うと、再び千鶴が咥《くわ》えてきた。一気に根元まで頬張り、じゅるっと唾を塗《まぶ》しつつ、吸いあげる。

「あ、ああっ」

魔羅全体がとろけそうで、太助はおなごのような声をあげる。

「うんっ、うっんっ、うんっ」

千鶴は太助を妖しい瞳で見あげながら、顔を上下させている。

その目がたまらない。目を見ているだけでも、射精しそうになる。出しても次があると千鶴は言っていた。ここで出しても終わりではないのだ。

「ああ、出るよ、出るよっ、千鶴さんっ」

千鶴は太助を見あげたまま、どうぞ、と瞳で告げる。

たまらなかった。こんな目で見つめられて、根元から吸いあげられて、出さないで終われる男がいるのだろうか。太助は無理だった。

「ああ、出るっ」

おうっ、と雄叫《おたけ》びをあげて、太助は千鶴の喉に射精していた。

どくどく、どくどくと止《と》め処《ど》なく噴出する。

「う、うう……うん……」

千鶴は口を引くことなく、すべてを喉で受け止めてくれる。

しかも、うっとりとした顔で受け止めてくれていた。

「ああ、千鶴さん、千鶴さんっ」

なかなか脈動が鎮《しず》まらない。

ようやく鎮まると、千鶴が唇を引いた。鎌首《かまくび》の形に開いたままの唇から、どろりと精汁があふれてくる。それを、千鶴が手のひらで受け止める。

「ああ、吐いてください。ぺって、出して」

千鶴は唇を閉じると、太助を見あげたまま、ごくんと喉を動かした。

「えっ……」

飲んだのだ、大量に出した精汁を。

「ち、千鶴さん……」

もう一度、喉をごくんと動かすと、千鶴は唇を開いてみせた。精汁は跡形もない。

「おいしかったわ、太助さん」

はにかむような笑顔を見せて、千鶴がそう言った。そして手のひらにある精汁を口もとに持ってくると、舌を出して、ぺろりと舐《な》めた。

「ああ、なんてこと……」

あまりの興奮と感激で、たった今出したばかりの魔羅が、ぐぐっと反り返っていく。

太助はその場にしゃがむと、千鶴を板間に押し倒そうとした。

「今宵はここまでで……」

「えっ……」

「二度目は次に……」

ねっ、と言うと、千鶴は太助の口に唇を押しつけ、腰巻をつけていった。

口に出しただけでは終わらない、というのは、今宵のことではないようだ。なにか煙《けむ》に巻かれた気もしたが、しつこく問いただすことでもなく、太助はうなずき、褌に手をかけた。

すでに、魔羅は天を衝《つ》いていた。

三

翌日の夕刻、弥平が越前屋の台所に姿を見せた。

すでに母屋《おもや》に入っていた佳純の躰がざわついた。

控えの間を出て、台所をのぞく。小間物を入れた荷箱に、女中たちが集まっている。その中に、おゆうもいる。

弥平とおゆうのふたりを見るだけで、佳純の躰は熱くなる。

今日も、ふたりはあの物置でまぐわうのだろうか。きっとまぐわうだろう。おゆうが引き込みなら、魔羅でつなぎ止めておかなくてはならない。

魔羅でつなぎ止める……なんて、はしたない想像をしているのだろうか。

「では、またうかがいます」

今日は櫛《くし》が二本売れた。弥平はみなに笑顔を振りまき、台所から出ていった。すぐとすぐに、おゆうがお使いに行ってきますと出ていった。

まぐわうのだ。おゆうは待ちきれないのだ。

佳純も裏木戸から路地に出た。おゆうが小走りになった。あとをつけようとして、佳純の足が止まった。角から、新崎が姿を見せたのだ。おゆうのあとをつけはじめる。

おゆうは近くの空き家に入った。あの物置に向かっているのだろう。新崎は門から様子をうかがっている。が、すぐに中に入った。おゆうが物置に入ったのを確認したのだろう。

佳純も門まで来ていた。中をのぞくと、新崎が物置の壁に立ち、節穴からのぞいていた。

「ああっ……」

と、おゆうの声が聞こえてきた。佳純の躰がざわつく。

のぞきたい。でも今、新崎がいる。のぞいている新崎のうしろ姿を見ているだけで、佳純の躰が疼《うず》く。

「あ、ああっ、あああっ」

おゆうのよがり声が聞こえてくる。

佳純は物置に向かっていた。気がついたときには、新崎のそばでのぞいていた。

「あっ……」

と、思わず声をあげていた。

弥平とおゆうはすでに繋がっていたが、立ったまま、おゆうがこちらを向いていたのだ。弥平もおゆうも裸で、おゆうの股間がまともに見えていた。

おゆうの陰りは薄く、割れ目が剝《む》き出しとなっていた。そこに背後から、魔羅が出入りしていた。

ずぶずぶと魔羅がめりこみ、出てくる。

「いい、いいっ、魔羅、いいのっ」

と、おゆうが叫ぶ。

割れ目を出入りしている魔羅は、おゆうの蜜でぬらぬらに絖光《ぬめひか》っている。

前回より、より衝撃的な眺めに、佳純はそこから目を離せなくなっていた。

「どうだ、おゆう」

「あ、ああっ、いいですっ、ああ、弥平さんの魔羅、いいですっ」

「今、別れられるか」

「えっ、どうしてそんなこと聞くんですかっ」

繋がったまま別れられるかと聞かれ、おゆうは動揺する。

「俺のためなら、なんでもするか」

と、背後から突きつつ、弥平が聞く。

「しますっ、なんでもしますから、別れるなんて、言わないでくださいっ」

おゆうは泣いていた。そんなに気持ちよいのか。別れることを想像するだけで泣いてしまうほど、弥平の魔羅はよいのか。それとも、まぐわい自体がおなごを狂わせるのか。

「本当になんでもするのかい、おゆう」

「しますっ、しますから、もっと突いてっ、弥平さんっ」

おゆうはさらなる突きをねだり、首をねじって背後を見る。弥平が唇を奪い、突いていく。

「うう、ううっ、ううっ」

おゆうが火の息を吹きこむ。

「あうっ」

と、おゆうが上体を倒す。床に両手をつき、そのまましろ取りの形となる。

弥平はおゆうの尻たぼをつかみ、ずぶずぶと抜き差しをする。

「いい、いい、いいっ」

突かれるたびに、おゆうの上体が反り、顔が上がっていく。

おゆうは恍惚《こうこつ》の表情を浮かべている。

なにゆえ、こたびはこちらからはっきり見える形を取っているのか。のぞかれているることを知って、やっているのか。のぞかれていることを知って、俺の言いなりになるか、と聞いているのか。

なにか怪しい。おゆうが引き込みだと、色じかけで落としていると、強調しているような気もする。

わからない。佳純は混乱していた。そばでのぞく新崎の横顔を見る。新崎は取り憑《つ》かれたような顔でのぞいている。

そこに、同心の顔はない。大丈夫なのだろうか。もしや私と同じように、男女の睦《むつ》みごとには疎《うと》いのだろうか。

「あ、あああ、い、いくっ」

おゆうがいまわの声をあげて、四つん這いの裸体を震わせる。

そこで新崎がはっと我に返ったような顔になり、こちらを見た。

そして、佳純に近寄ってきた。えっ、なに。いつもと目つきが違う。いつものうさぎのような新米同心とは違う。

佳純同様、弥平とおゆうのまぐわいに当てられてしまったのか。

新崎が顔を寄せてきた。

えっ、なにっ。もしかして、ここでいきなり口吸いっ。

が、唇は狙われなかった。耳もとに顔を寄せると、

「行きましょう」

と言った。佳純が動かないでいると、新崎は手を握り、引いた。強引だった。

腕を引かれつつ、新米同心も男なんだな、と佳純は思った。

空き家から出ると、しばらく歩き、目についた甘味処に入った。小女に二階と言うと、慣れた感じで階段を上がっていく。下にいると、新崎がこちらを見て、佳純さん、と言う。

佳純も階段を上がっていた。

二階は個室が並んでいた。そのうちのひとつに新崎が入る。やはり、個室でなにかする気なのか……と佳純は身構えたが、新崎は座敷に座り、手招きした。いつの間にか、うさぎの顔に戻っていて、佳純も中に入った。

すぐに小女が来て、新崎は汁粉を頼んだ。佳純も同じものを頼む。小女が出てゆくと、

「弥平は、ただの小間物屋だ」

と言った。

「えっ……」

「この二日、様子を見ていたが、裏長屋と得意先をまわっているだけで、押し込みの人間と接触してはいなかった」

「でもさっき、おゆうとまぐわいながら、俺と別れたくなかったから、なんでもするか、と聞いていたではないですか。あれは、引き込みのことですよね」

「佳純さん、考えすぎだよ。あれは、おゆうとのまぐわいを盛りあげるために、そう言っているだけだ。ああいうのに、おなごは喜ぶのだ」

「そうなのですか……」

「そうだ」

新崎は確信を持って言いきる。

まさか新米同心に、男女の睦みごとについて教わるとは思わなかった。

「弥平は鬼蜘蛛の仲間ではないぞ」

「そうですか……」

「ただ、越前屋は狙われているだろう。だから、ほかに、引き込みになるよう狙われている使用人がいるかもしれぬ。いや、いると思う。誰か気になる者はいないか」

と、新崎に聞かれた。

「おゆう以外に……ですか……」

考えてもいなかった。佳純は弥平とおゆうのことで頭がいっぱいだったのだ。

確かに、おゆう以外にいるかもしれない。さすが、同心だ。

思わず、尊敬の目で新崎を見てしまう。

「どうした、佳純さん」

「いいえ、なにも……」

汁粉が来た。

「この汁粉はうまいぞ」

と言って、新崎が汁粉を食べはじめる。まさか、甘いものが好きだったとは、なにかおかしくて、うふふと笑う。

「どうした」

「いえ……」

「うまいぞ。汁粉は嫌いか」

「いいえ、好きです。いただきます」

と佳純も汁粉を食べる。

「ああ、おいしいです」

「そうだろう。この店の汁粉はいちばんだな。お務めで町まわりをしながら、甘味処で食べまわっているのだ」

「そうなのですか」

「それが、唯一の楽しみかな」

「お……」

おなごのほうは、と聞きそうになり、やめる。

「どうした」

「いいえ、なにも。おいしいです」

さっきまで、躰の芯《しん》が疼いて困っていたのだが、今は、ほっこりとした気分になっていた。

四

太助は出合茶屋《であいぢゃや》にいた。岡場所でばかりおなごを抱いていた太助は、はじめて出合茶屋に来ていた。

「う、うう……」

太助はうなる。千鶴が股間に顔を埋め、しゃぶっていた。今宵こそ、まぐわうぞ、と決めていた。

千鶴が顔を上げた。上気させた顔の前で、びんびんの魔羅が跳ねる。先端からつけ根まで、千鶴の唾でぬらぬらだ。

千鶴が太助の腰を白い太腿《ふともも》で跨《また》いできた。反り返った魔羅を逆手に持ち、割れ目を下げてくる。

ああ、ついに、千鶴と……。

先端からあらたな先走りの汁が出る。そこに、千鶴の割れ目が触れた。

が、咥えこんでこなかった。

「明日、九つ（午前零時）裏の戸の閂を抜いておいてください」

千鶴がいきなり、そう言った。

「えっ……」

「明日、閂を抜いておいてください」

そう言いながら、割れ目で鎌首をなぞってくる。あらたな汁がにじみ出て、千鶴の割れ目を白く汚す。

「ど、どうしてそんなことを……」

わかっていて、聞いていた。予想が違っていることを願っていた。

「押し込みですよ」

「鬼蜘蛛の仲間なのかっ」

「はい」

と、千鶴がうなずく。

「じゃあ、俺を引き込みにさせるために、近づいてきたのか」

「はい」

と、千鶴はうなずく。

ばかにするなっ、と立ちあがって、出てゆければよかった。そうするべきだった。でも、躰が動かない。千鶴の割れ目は鎌首に触れているのだ。

あと少しで女郎以外のおなごと繋がれるのだ。千鶴と繋がりたい。尺八《しゃくはち》だけではいやだ。

「明日の九つ、門を抜けますか」

「で、できない……できるわけがないだろう」

千鶴はあきらめると思った。が、違っていた。

「沙織さんとやりたくないですか」

と聞いていた。

「えっ……な、なにを言っている……」

「太助さん、沙織さんが好きなんでしょう。だから、番頭になっても所帯を持たないんでしょう」

「い、いや……そんなことは……」

どうして、このおなごは太助のことがわかるのだ。沙織を思っているなど、誰にも話したことはないのだ。

「押し込みを手伝ってくださったら、沙織をやれるようにします。ご存じのように、うちの頭は押し込みに入った先のおなごをやるんです、使用人の前で」

「そ、そうだな……」

「そのとき、頭が太助さんに、沙織とやれ、と命じるようにしておきます」

「そ、そんなことが、できるのか……」

「できますよ。どうしますか、太助さん」

千鶴は割れ目で鎌首をなぞりつつ、太助に決断を迫っている。

「俺は……旦那《だんな》様を裏切るなんて、できない……」

「そうですか。沙織さんとやれるんですよ」

「沙織さんと……」

沙織をものにできる……いや、だめだ……押し込みの場で沙織とやれるからって……。

でも、一生できないかもしれない。というか、この機会を逃したら、沙織と結ばれることはないだろう。いや、まだわからない。沙織は婿取りしていないのだ。旦那様が俺を婿にしてくれるかもしれない。

「どうしますか。私と沙織さんに入れますか。それとも今までどおり、女郎の穴だけに入れますか」

そう問いつつ、割れ目で鎌首をなぞりつづける。すでに鎌首はあらたな我慢汁で真っ白になっている。

「旦那様は裏切れない……」

喉の奥から絞り出すようにそう言うと、あらそう、と千鶴があっさりと割れ目を引きあげた。

そして、腰巻をつけようとする。

「待ってくれっ。これでお終《しま》いなのかっ」

「そうですよ。そのために、近づいたのだから。また、新しい引き込みを探さないと」

と言いながら、腰巻をつけ、肌襦袢に腕を通す。

太助の目の前から魅惑の割れ目はもちろん、たわわな乳房も消えていく。さっきまで顔を押しつけて、揉みしだいていた乳房だ。

もう、二度と揉めないのか。

「新しい引き込みを探すって、どういうことだ」

「そうねえ。小番頭の達吉《たつきち》さんか、新しく手代になった吾市《ごいち》さんかねえ。ふたりとも沙織や夏美とやれると聞いたら、喜んで引き込みになるかもしれないよ」

「達吉に……吾市……」

太助はかぶりを振る。あのふたりも、店に尽くしている。娘とやれるからって、その父親である旦那様を裏切るなんて、ありえない。

「吾市さんなんかは、落ちそうね」

「吾市……」

手代の伊吉が人攫いの言いなりになって、行方知れずになってから、手代に昇格した男だ。

「吾市は若いし、太助さんほど旦那に恩義は感じていないんじゃないのかしら」

肌襦袢姿で寄ってきて、千鶴が太助の胸板を撫でる。乳首を摘まみ、ころがしている。

「うっ、うう……」

やめろ、とは言えない。むしろ、もっといじってくれ、と思う。

肌襦袢の胸もとがはだけ、乳房の半分がのぞいている。のぞかせているのだ。

誘いに乗ってはだめだ。ぎりぎりで断ったのだ。旦那様に忠義を誓ったのだ。

「吾市が沙織を犯すところを見ることになるわね」

と言いつつ、千鶴が太助の顔を撫でてくる。やめろ、と言えない。

「町方に言う。狙われていると言う」

「越前屋が狙われているのは、町方も承知よ。でも、待ち伏せはやってくれないわよね。明日やってくれても、明後日《あさって》はどうかしら、ひと月後かもしれないわよ。そのときまで町方が待ち伏せしてくれるかしら」

千鶴が太助の右手をつかんだ。肌襦袢からはみ出ている乳房に導く。

太助は導かれるまま、千鶴の乳房をつかむ。

「ああ……」

千鶴が甘い喘ぎを洩らす。

太助は千鶴の乳房を揉んでいく。こねるように揉んでいく。この乳を、吾市の好きにさせるのはいやだ。この乳は俺のものなのだ。この乳だけではない。沙織の乳も俺のものなのだ。

「ちきしょうっ」

と叫び、太助は千鶴を押し倒す。肌襦袢をぐっと引き剝《は》ぎ、腰巻も毟《むし》り取る。

太助の魔羅は天を衝いていた。

両足をひろげると、股間に向けていく。

千鶴はされるがままだ。

鎌首が割れ目に触れようとした。すると、千鶴が鎌首をつかんできた。

「どうしますか、太助さん」

「入れるぞっ」

「入れたら、仲間ですよ。いいですね」

「そ、それは……」

「どうします」

「あ、ああ……入れるぞっ」

と叫び、太助は先端をずぶりと千鶴の中に入れていった。

燃えるような粘膜が鎌首を包んできた。そのまま、ずぶずぶと奥まで入れていく。

「はあっ、あんっ」

千鶴の女陰《ほと》はどろどろだった。奥へ行くほど狭くなり、強く締めてきた。

「ううっ……」

千鶴の女陰は気持ちよくて、入れたそばから暴発しそうになる。ここで出すのはいやだ。丁稚のときからお世話になっている旦那様を裏切ろうとしているのだ。

すぐに出してはだめだ。

太助は奥まで貫くと、そのままでいた。

「突いて、太助さん」

と、千鶴がねだる。

「いや、まだだ……出したくない」

「入れたまま……二度三度、すればいいわ」

「入れたまま……そんなことができるのか」

「私の女陰の締めつけはすごいわよ」

と言うと、先端からつけ根まで包んでいる女陰がざわざわと動きはじめた。

「あっ、ああっ、これは、なんだっ」

先端からつけ根までとろけるような快感に、太助は腰を震わせる。じっとしていても出しそうになる。

「突いて、太助さん」

このままなにもせずに暴発させるのがいやで、太助は腰を動かしはじめた。

「ああっ、ああっ、もっと強くっ、もっと強く突いてっ」

太助は千鶴に煽《あお》られ、力強く突いていく。突くたびに、たわわな乳房が前後にゆったりと揺れる。

「ああ、出そうだっ」

「出してっ、出して、太助さん」

「これで終わりではないよな」

「当たり前でしょう。太助さんは仲間なのよ。ずっといっしょよっ」

押し込みと仲間……。

太助の魔羅が出す直前で萎《な》えかける。

「どうしたの、太助さん」

千鶴の女陰がねっとりとからみつき、くいくい締めてくる。

「あ、ああっ」

旦那様を裏切ることを思い、萎えかけていた魔羅が、瞬く間に太くなる。

そして、そのまま射精させた。

「おうっ」

太助は雄叫びをあげて、腰を震わせていた。出しながら、突いていた。

「あっ、ああ……」

千鶴があごを反らし、喜悦の表情を見せつける。

「おう、おうっ」

なかなか脈動が止まらない。ようやく止まったが、太助の魔羅は大きいままだった。そのまま突いていく。

「いい、いいっ、そうよっ、そのまま突いてっ」

太助は地獄に向かって、突きつづけた。

第三章　肉の凶器

一

佳純が越前屋の用心棒として入るようになって、半月が過ぎていた。

佳純は使用人たちの様子をうかがっていたが、やはり怪しいのはおゆうだった。それ以外に、怪しい使用人は見つけられずにいた。

深夜。佳純は人の気配を覚え、目を覚ました。

寝巻姿のまま、鞘《さや》ごと大刀《だいとう》を持ち、控えの間から出る。そして台所に向かい、勝手口を開けた。庭に出て裏の戸を見ると、使用人が閂《かんぬき》を抜こうとしていた。

「太助さん、なにを……」

していいるんですか、と問う前に、太助が閂を抜いた。すると戸が開き、黒装束の賊《ぞく》が入ってきた。

佳純は鞘から大刀を抜いた。

それを見て、先頭に立つ黒装束が懐《ふところ》から小刀を出し、太助の首に当てた。

「ひいっ」

と、太助が息を呑《の》む。

「大刀を放せ。放さないと、首を斬《き》るぜ」

黒装束は佳純を見ても驚かなかった。ふつう、おなごの用心棒を見たら驚くはずだ。知っているのだ、佳純のことを。

「はやく放せ。斬るぜ」

黒装束がすうっと小刀を動かす。

「待て……」

佳純は大刀から手を放していた。すると、瞬《また》く間に背後の黒装束が迫り、素手の佳純の腹に当て身を食らわした。

「うぐっ……」

一発で、佳純は膝《ひざ》を折った。大刀を持たなければ、ただのおなごであった。大刀を持ってこそ、佳純に存在価値があるのだ。

決して大刀から手を放してはいけなかったのだ、と気づいたときには、うなじに手刀を打たれ、佳純は気を失っていた。

目を覚ますと、佳純は大広間にいた。

そこには、主《あるじ》の左衛門、その後妻の千代、長女の沙織、次女の夏美、三女の綾乃、番頭の太助、小番頭の達吉に、手代の吾市もいた。

みな、寝巻の上からうしろ手に縛られ、猿轡《さるぐつわ》を噛《か》まされていた。佳純も同じであった。ほかの使用人たちはどうなっているのだろうか。

母屋《おもや》は静かだ。まさか、皆殺し……いや、盗賊の黒装束はきれいだ。返り血は浴びていない。恐らく、同じように縛って猿轡を噛まされているのだろう。使用人たちは足も縛られていると思った。

左衛門と目が合った。失望の色が浮かんでいる。やはりおなごの用心棒など役立たなかったか、という目で佳純を見ている。

さっき、太助の首に小刀を当てられたとき、言われるままに大刀を捨てたことを悔やんだ。

あれは、太助には構わず、一気に斬りかかるべきだったのだ。太助は引き込みなのだ。裏切り者なのだ。が、怯《おび》えた太助を見て、ためらいが出てしまった。そのせいで今、越前屋のおなごたちの貞操が脅かされている。

用心棒として覚悟が足りなかった。やはり私の剣は、道場の中だけの、お稽古《けいこ》ごとの剣にすぎないのだ。この前、綾乃を浪人たちから助けたのは、たまたまなのだ。

「いいおなごが、そろっているな」

頭《かしら》らしき黒装束がそう言って、ぎょろ目で後妻や娘たちの顔をそばで見ていく。

「ううっ、ううっ」

佳純は、やめろっ、見るなっ、と訴える。

頭が佳純の前でしゃがんだ。あごを摘《つ》まみ、のぞきこんでくる。

「うう、ううっ」

縄を解《ほど》けっ、と叫ぶ。

「猿轡を取ってやれ」

頭がそばに控える黒装束にそう言う。そばに控える黒装束が、猿轡に手をかけ、はずした。どろりと大量の唾《つば》があふれてくる。

「押し込みなどしても、すぐに捕まるっ」

「それはどうかな。ほう、そばで見るとますます美形だな」

そばで見ると……ということは、すでに佳純の姿をどこからか見ていたのか。

「おなごの猿轡を取れ。猿轡姿もそそるが、やっぱり、はずしたほうがいいだろう」

はい、と黒装束たちが動く。頭を入れて五人いた。

「弥平ねっ、おまえは小間物屋の弥平ねっ」

後妻の千代の猿轡をはずそうとしている黒装束に向かって、佳純が叫ぶ。

弥平は答えず、千代の猿轡をはずす。どろりと唾が垂れる。

「お助けくださいっ。千両箱は裏の蔵にありますっ。どうか千両箱を持って、出ていってください」

千代が必死に訴える。こいつらが鬼蜘蛛だとにらんで、訴えているのだ。

舐《な》めるような目をそばで見て、確信したのだろう。

その間にも、沙織、夏美の猿轡が取られていく。

「ああ、おゆるしくださいませ」

と、沙織が泣き濡れた瞳を鬼蜘蛛に向ける。

だめよ、沙織さん。そんな目で見たら、相手がよけい喜ぶだけ。

佳純の美貌《びぼう》をのぞきこんでいた頭が、沙織の前に移動する。そしてあごを摘まみ、のぞきこむ。

「助けてください」

　頭がいい目だ。ああ、たまらぬな」

　頭がいきなり、口を沙織の唇に押しつけていった。

「ううっ」

　と、左衛門と太助がうめいた。ふたりとも苦渋《くじゅう》の表情を浮かべている。

「う、うう……うう……」

　沙織が顔を引くが、頭は沙織の後頭部を押さえて、ぶ厚い口を押しつけていく。

「ああ、邪魔だ」

　と言うなり、黒頭巾《くろずきん》を脱ぐ。素顔があらわれた。

　それを見て、左衛門をはじめ、越前屋の者たちは顔を強張《こわば》らせる。

　素顔をさらしたということは、皆殺しにあうのかもしれない、と躰《からだ》を震わせる。

「安心しろ。三人やったら、千両箱をもらって出てゆく。殺したりはしない。血を見るのは嫌いなんだよ。まあ、女陰《ほと》から出る破瓜《はか》の血は好きだがな」

　頭がそう言うと、

「うまいですね、お頭」

と、弥平が言う。

「おまえも、顔を出せ。もう、この用心棒にばれているだろう」

頭にそう言われ、弥平も黒頭巾を脱ぎ、素顔をさらす。

「やはり、弥平っ」

佳純は弥平をにらみつける。

「ほう、いい目だ、佳純」

と、頭が名前を呼ぶ。

わかっていたが、名前を呼ばれると、なにもかも知られていると、あらためて思う。

頭は再び沙織のあごを摘まみ、口を押しつけていく。

「う、ううっ」

またも、左衛門と太助がうめく。

太助は裏切りながらも、沙織が唇を奪われるのをいやがっている。太助は沙織に惚《ほ》れているのか。だから、番頭になっても独り身を通しているのか。

それなら、なにゆえ裏切った。こうなることはわかっていたではないか。

「舌を出せ、沙織」

名前を呼ばれ、沙織がひいっと息を呑む。

名を知られているのは予想していても、あらためて呼ばれると、恐怖を覚えるのだろう。

「ほら、出せ」

と、頭が沙織の頰《ほお》を撫《な》でる。

沙織は怯えた瞳で見つめつつ、いやいやとかぶりを振る。

「舌を出せ」

と、頭が言う。ううっ、と左衛門が大きくうめく。出せ、と言っているのか、出すな、と言っているのか。すでに顔面が怒りで真っ赤になっている。

頭が懐から匕首《あいくち》を出した。

「なにをするっ」

と、佳純が叫ぶなか、

「舌を出せ」

と言いつつ、匕首の腹でぴたぴたと、沙織の頰をたたいた。

沙織は涙を流しつつ、舌をのぞかせる。そこに、頭が吸いついていく。

「う、うう……」

沙織は苦悶《くもん》の表情を浮かべながらも、頭に舌を吸わせている。左衛門は目をそらしていた。太助は沙織の横顔を凝視している。小番頭の達吉は目をそらし、手代の吾市は凝視している。

「ああ、なんともうまい舌だ。唾をもっと欲しいな。垂らせ」

と言って、頭が沙織の顔の下におのが口を持ってゆき、開いてみせる。

沙織が泣きそうな顔になる。左衛門を見やり、そして佳純を見つめる。助けてください、と瞳で訴えている。

「唾なら、私の唾を飲むがよいっ」

と、佳純は叫んだ。その声を聞き、左衛門をはじめ、みなが佳純に目を向ける。

「私の躰を好きにすればよい。その代わりに、ほかのおなごには手を出すなっ」

「もちろん、佳純の躰もいただくぞ。おまえは生娘《きむすめ》だろう、佳純」

いきなり言い当てられて、佳純は動揺する。

その表情を見て、やはりな、という顔をする。鎌《かま》をかけられたのか。あっさりそれに乗ってしまうとは、なんとも情けない。

「まあ、千代以外は生娘だろう。いや、沙織は違うかな」

と、頭が言い、沙織を見やる。

沙織の美貌がほんの一瞬、引きつった。

「おまえは男を知っているな。今も、いるのだろう。だから、嫁に行かずにいるのだろう」

「う、ううっ」

それは本当か、という顔で、左衛門が沙織を見やる。

沙織はかぶりを振る。が、あきらかに、佳純と同じように動揺している。佳純は生娘と言われて動揺し、沙織はすでに男を知っていると言われて動揺している。

「唾の味が生娘とは違うんだよな」

「さすが、お頭、舌を吸っただけで、生娘かどうかわかるとは」

「生娘ですっ。男の人は知りませんっ」

ようやく、沙織がそう口にした。

「唾をくれよ、沙織」

再び頭が沙織の顔の下で、口を開く。なんとも間抜けな顔をさらしていたが、押し込みに入りながら、そんな顔をさらしていることが、なんとも恐ろしい。

とにかく、落ちつき払っていた。佳純のほうは、ずっと心が乱れている。なにせ、はじめてのことなのだ。

剣の腕は自信があったが、両手を使えなければ、ただのおなごにすぎない。

「ほら、垂らせ。垂らさないと、すぐに生娘かどうか調べるぞ」

頭がそう言うなり、沙織は頭の口に向けて唾を垂らしはじめた。それは、生娘ではない、と言っているのと同じだった。

「うう……」

太助が泣きそうな顔をしている。やはり惚れていたのか。でもなぜ、惚れていて……沙織を鬼蜘蛛に差し出すまねをしているのか……わからない。

頭の口に、沙織の唾がどろどろと垂れていく。

頭は間抜け面《づら》をさらしたまま、沙織の唾を受けている。

「ああ、うまい。男を知ったおなごの唾の味だ」

「違います……」

沙織はかぶりを振る。

「こちらは生娘だよな、夏美」

と、頭が次女の前に移動する。夏美はそれだけで、ひいっと息を呑む。蒼白《そうはく》になっている。

「私を好きにしろっ。私は生娘だっ。おまえに、私の花びらを散らさせてやろう。

だから、ほらっ、私をやれっ」

佳純が叫ぶ。が、頭は夏美を凝視している。夏美がはあはあと荒い息を吐きはじめる。過呼吸になりつつある。

「ううっ」

左衛門がうめく。

「夏美っ、大丈夫っ」

と、千代が声をかける。夏美のそばに行こうと、立ちあがろうとする。

「立つなっ、千代っ」

と、頭が大声をあげる。千代はひいっと声をあげる。

頭が夏美のあごを摘まみ、顔を、口を寄せていく。

夏美の呼吸がさらに荒くなる。

「口を寄せるなっ」

と、佳純が叫ぶなか、頭が夏美の唇に口を押しつけた。その刹那《せつな》、夏美が白目を剝《む》いた。がくっと首を折る。

「夏美っ」

「夏美さんっ」

と、千代と佳純が叫ぶ。佳純は立ちあがろうとした。

「立つな」

と、夏美の唇から口を引き、頭がにらみつける。

「私の唇を吸えっ」

と叫ぶと、頭が夏美から手を放し、寄ってきた。夏美はそのまま背後に倒れていく。

頭の顔が迫ってくる。あごを摘まれた。

「唇を開け、俺が口吸いをしたくなるような顔を見せてみろ」

「勝手に吸えっ」

「いや、俺を誘ってみろ、佳純」

なんてことだ。ただおなごをやって、それで終わりではないのだ。じわじわと責めて楽しんでいる。

「そのようなことは、できない」

「そうか」

と、頭はあっさりと佳純のあごから手を引き、夏美へと戻る。気を失っている夏美の髪をつかむと、引き起こし、ぱしっと平手を見舞う。

夏美が目を覚ました。

頭の顔と口が迫っているのを見て、また、ひいっと悲鳴をあげ、白目を剝く。

頭は気を失ったおなごには興味がないのか、あっさりと手を放す。するとまた、夏美が後頭部から倒れていった。

二

そして、うしろ手に縛ったまま、寝巻の前を引き剝《は》いでいく。

と、頭が言うと、手下たちが千代、沙織、夏美、そして佳純に寄っていく。

「乳を見るか」

「ああっ……」

後妻の熟れた乳房があらわれ、そこに縄が食い入る。沙織の乳房もあらわれる。

今がおなござかりのぷりぷりした乳房だ。

沙織の乳房があらわれると、太助の目の色が変わる。このようなときなのに、食い入るように見つめ出す。

夏美の乳房もあらわにされる。若さの詰まった蒼《あお》いふくらみだ。

そして、弥平が佳純の寝巻の胸もとに手をかけてくる。

佳純は弥平を美しい黒目でにらみつける。

「へへへ」

と、下卑《げび》た笑いを浮かべ、弥平が寝巻をはだける。すると、たわわに実った乳房があらわれる。

「ほう、でかいな。剣客のくせして、乳がでかいな」

豊満なふくらみを見て、弥平がさらに下卑た顔になる。

どれどれ、と頭も迫ってくる。ほかの手下も、佳純の前に集まってくる。

見るな、という声をぎりぎり我慢する。佳純の乳に集まっているということは、このときだけ、ほかのおなごたちはさらし者になっていないことになる。

見るなら、見ろ。

「でかいな。やっとうの稽古に明け暮れていても、乳は男を誘うように、でかくなったか」

そう言って、頭も下卑た笑みを浮かべる。

佳純はこの男の目を楽しませるだけの、豊満な乳房を恨めしく思っていた。だから、いつもさらしで強く押さえつけていた。

が今、さらしもなしの寝巻をはだけられ、たわわに実った乳房が、盗賊たちの見世物となってしまっている。

「誘ってなどいない……」

と、佳純は言う。豊満な乳房の上下に、どす黒い縄が食い入ってくる。

そのせいか、このようなときなのに、乳首が芽吹きはじめる。

「どうかな。乳首、勃《た》たせて誘ってきているじゃないか。生娘だが、一発入れてやると、開花するかもな」

と、頭が言い、そうですね、と手下たちがうなずく。

盗賊たちの目は、縄が食いこむ佳純の乳房から離れない。ますます、乳首がとがりはじめる。これでは、盗賊たちに見られて反応しているように思われてしまう。私はそんな恥知らずなおなごではない。

「ああ、たまらんな」

と言うなり、頭が佳純の乳房にしゃぶりついてきた。

「あっ、やめろっ」

乳首を吸われ、佳純は狼狽《うろた》える。

頭はちゅうちゅう吸ってくる。右の乳首を吸いつつ、左の乳房を鷲《わし》づかみにしてくる。

「うう、やめろ……」

おぞましさに、鳥肌が立つ。が、頭を私の躰に引きつけておけば、ほかのおなごたちは助かるのだ。

耐えろ、おぞましさに、耐えろ、佳純。

頭が右の乳首から顔を引きあげた。とがりきった乳首が、頭の唾まみれになっている。

頭はすぐに左の乳首にしゃぶりついてきた。今度は、右のふくらみを鷲づかみにし、とがった乳首をなぎ倒すようにして、揉《も》みしだいてくる。

「う、うう……」

おぞましさしか感じない。が、これでよいのだ。このまま私の躰だけ、しゃぶりつづければよいのだ。

「ああ、いい匂いがしてくるぞ。乳からいい匂いがするぞ。おまえたち、嗅《か》いでみろ」

と、乳房から顔を上げると、頭が譲る。ありがとうございます、と弥平が乳房に顔を埋《うず》めてくる。とがった乳首が鼻でこすられる。

「や、やめろ……」

あまりのおぞましさに、拒《こば》む声を出してしまう。すると頭が、

「やめろ、弥平っ」

とやめさせる。弥平が乳房から顔を引く。

「やめてくれと言っている。千代の乳房を楽しむとするか」

と、頭が言い、手下四人もそれに続く。頭が千代の乳房に顔を埋めていく。佳純のように乳首を吸っていく。

「あっ、い、いや……やめてください」

千代の声は、佳純とは違っていた。そこにはわずかだが、おなごの媚《こび》が感じられた。

そんな声を聞き、左衛門が目を見張る。

頭はちゅうちゅう千代の乳首を吸う。そして、左の乳房をこねるように揉んでいく。白いふくらみが形を淫《みだ》らに変えていく。

「ああ、おやめ、ください……あ、ああ……」

男を知っている後妻ゆえか、蒼いだけの生娘剣客とは違う。

「いい匂いだ。ほら、おまえたちも乳房を好きにしろ」

と、今度は千代の乳房を手下たちに渡す。すでに左の乳房には、頭がつけた手形が淡く残っている。そこに、弥平がしゃぶりつく。たわわなふくらみに、ぐりぐりと顔面をこすりつけていく。

「ああ、いい匂いがしますぜ。たまらないぜ」

「い、いや……いや……助けて、佳純さん」

と、千代が救いの目を用心棒に向ける。その瞳は、うっすらと潤《うる》んでいる。涙ではない。

「弥平っ、私の乳を吸うのだっ」

と叫ぶ。すると、頭が佳純に迫り、

「人にものを頼む言葉遣《づか》いじゃないな。武士のくせに、敬語も使えないか」

頬を撫でつつ、そう言う。

佳純は頭をにらみつける。すると頭は怯えるどころか、にやにやする。にらめばにらむほど喜ぶのだ。

「や、弥平さ、さん……私の乳を……揉んで……ください」

屈辱を噛みしめ、佳純はそう言うものの、蚊《か》の鳴くような声しかでない。

「ああ、乳、たまらないぜ」

佳純の声が聞こえないのか、聞こえないふりをしているだけなのか、いずれにしても、弥平は千代の乳房に顔面をこすりつけつづけている。

「ああ、あんっ、お、おやめ……ください……ああ……」

「ほう、かなり乳が敏感なようだな」

頭が千代のそばに戻ると、弥平が顔を上げ、どうぞ、と千代の乳房を譲る。

頭がふたつのふくらみを鷲づかみにして、こねるように揉みはじめる。

「あ、ああ……はあっ、あんっ……」

千代の眉間《みけん》に縦皺《たてじわ》が刻まれる。苦悩の縦皺のようでもあり、愉悦の縦皺のようでもある。

「左衛門、おまえの妻は、好き者なのか。押し込みに乳房を揉まれて、感じているぞ」

「う、ううっ」

左衛門がうめく。

「お頭さ、様……どうか、佳純の乳を……揉んでください」

今度はさっきより大きな声を出せた。が、頭は千代の乳房を揉みしだきつづける。

「はあっ、ああ……」

千代の唇から火の息が洩《も》れつづける。

「若い乳と比べるか」

と言うと、頭が千代の乳房から手を引き、夏美に向かう。夏美はまだ気を失ったままだ。その頬を、頭が張ろうとする。

「お頭様っ、どうか、佳純の乳をっ、揉んでくださいませっ」

佳純の必死の訴えに、夏美の頬を張らず、頭が迫る。そして、黒装束の股間から、魔羅《まら》を取り出しはじめる。

「えっ……なに……」

全身を包んでいる黒装束を脱がずに、魔羅だけを出している。

「いいおなごを見たら、すぐにやれるように、前は合わせになっているんだ。特別に作らせたものだ」

なんて男なのだ。やるために、特別にあつらえている。

魔羅だけが股間からあらわれた。佳純の鼻先で反り返っていく。

肉の凶器を前にして、佳純は美貌をそむける。

「はじめて見るか、佳純」

と言いつつ、佳純の頬を魔羅でぴたぴたとたたいてくる。

「う、うう……」

かつて経験したことのない屈辱に、目眩《めまい》を覚える。

「どうだ。はじめてか」

はじめてではない。おゆうと繋《つな》がった弥平の魔羅を目にしていた。

「知らぬ……」

「ほら、よく見ろ」

頭が佳純の小鼻に先端をこすりつけてくる。

「いやっ」

と、夏美の声がした。弥平が夏美を起こしたのだ。が、乳房には手を出していない。頭が先なのだろう。頭より先に触ることはしない。統率が取れている。

「夏美さんにはなにもするなっ。乳を揉みたいのなら、私の乳を揉め、弥平」

と、佳純は言う。

「言葉遣いがなってないな、佳純」

と、弥平も馴《な》れなれしく、呼び捨てにしている。

「弥平さん……夏美さんの乳より、私の乳が揉みがいがありますよ」

屈辱を噛みしめ、佳純は手下を誘う。

「そうかい」

弥平も寄ってくる。

「佳純、おまえ、弥平の魔羅はすでに見ているんだろう」

のぞきのことを知っているのか。やはり、あのとき弥平は私に見せつけるために繋がる形を変えたのか。

「知らぬ……い、いえ、知りません」

「そうか。まあいい。ほら、どうだ」

佳純は頭の魔羅を直視する。

禍々《まがまが》しい形をしている。こんなものを女陰に入れるなんて……いやだ。

「どうだ」

「ああ、なんとも、たくましい魔羅です……お頭さ、様……」

声が震えている。

「なにをしている」

「えっ……」

「魔羅を突きつけられたら、挨拶《あいさつ》だろう」

「あ、挨拶……」

「挨拶も知らないのか。武家のくせして、礼節がなってないな」

「魔羅に唇をつけるんだよ、佳純。そんなことも知らないのか。これだから、武家のおなごはなあ」

と、弥平が言う。

佳純は弥平をにらみつける。

「なんだ、その目は。あっしに揉まれたいんじゃなかったのか」

と言って、夏美のそばに戻ろうとする。

「待ってくださいっ……佳純の乳、揉んでください」

と、佳純は言う。弥平が頭を見やる。頭が、

「揉んでやれ」

と言い、へい、と弥平が佳純の乳房に手を伸ばしてくる。上下に縄が食い入っているためか、乳首がさらにとがっている。

その乳首ごと、手のひらで包んでくる。すると、せつない刺激を覚え、

「あんっ……」

と、思わずかすれた喘《あえ》ぎを洩らした。

三

その刹那、大広間の空気が変わった。

弥平はにやりと笑い、たわわなふくらみに五本の指を食いこませ、乳首を手のひらで押しつぶすようにして、揉みはじめる。

「あ、ああ……」

またも、せつない刺激を覚え、甘い喘ぎを洩らす。

このことに、誰より驚いたのは佳純自身だ。

「ほら、挨拶だ、佳純」

と、頭に言われ、佳純は野太く張った鎌首《かまくび》に、かすれた喘ぎを洩らす唇を押しつけていく。すると、せつない刺激がさらに強く感じられた。

「あうんっ」

佳純は強く唇を押しつけたまま、火の息を吐く。そのまま、くなくなと押しつけつづける。

頭も左のふくらみをつかんできた。押し込みのふたりに、ふたつのふくらみを揉みしだかれながら、佳純は魔羅に唇で挨拶している。

屈辱だったが、佳純はそのまま続ける。頭の股間からは、獣のような臭《にお》いがする。牡《おす》の性臭だろうか。嗅いでいると、頭がくらくらしてくる。

唇が鎌首から離れなくなってくる。

「ただ唇をつけているだけじゃ能がないだろう、佳純。舌を出して、舐めてさしあげるんだよ」

こねるように右の乳房を揉みつつ、弥平が偉そうに命じている。

佳純は命じられるまま、唇から舌をのぞかせた。

そんな佳純を見て、

「うそ……」

と、千代と沙織が驚きの声をあげる。左衛門と太助も目を見張っている。

そんななか、佳純はぺろぺろと頭の鎌首を舐めていく。こうするのが、魔羅を突きつけられたときのおなごの務めだと思ってしまう。

「ここも舐めろ、裏のすじだ」

と、頭が命じる。

「裏の……す、すじ……」

「そうだ。ここを舐めれば、男は喜ぶぞ」

「お、お頭様も……喜びますか」

と、勝手に口がそう動いていた。どうなっているのだろう。自分が自分でわからなくなる。

「ほら、舐めろ」

と、指でさされ、裏のすじに佳純は舌腹を押しつけていく。すると、頭がうなった。感じているようだ、と思ったとき、佳純の股間がざわついた。

頭が感じて、どうして躰がざわつくの……なに……。

佳純は狼狽えながらも、ねっとりと裏のすじに舌腹を押しつけていく。

「うう……」

頭がうなりつつ、左のふくらみを強く揉みしだいてくる。

「はあっ、ああんっ」

裏すじを舐めつつ、佳純は喘ぐ。いっぺんに大広間の空気が桃色に染まっていく。

怒りだけだった左衛門の目が、ねばつきはじめている。太助もそうだ。

「咥《くわ》えろ」

と、頭が言い、佳純は言われるまま、唇を大きく開いていく。なぜなのか、逆らう気になれない。盗賊の命令が、すうっと頭に入ってくる。でも、これでよいのだ。みなが私だけに注目している。このまま私だけが穢《けが》されればよい。いつか隙《すき》ができるはずだ。それまで待つのだ。それまで奉仕するのだ。

佳純は野太い先端をぱくっと咥えた。

「うう……なにしている。吸うんだ」

佳純は言われるまま、口に咥えた鎌首を吸っていく。

「ああ、たまらん」

と言って、頭が魔羅をずぶっと佳純の口に入れてきた。胴体が入り、喉まで塞《ふさ》がれていく。

「う、うう……」

今度は佳純がうめく。

頭は先端で喉を突いてくる。

「うぐ、うう……」

佳純の口の中が魔羅でいっぱいだ。魔羅の口へのひと突きで支配されてしまっている。

「吸え」

佳純は命じられるまま、喉まで塞いでいる魔羅を吸っていく。

「おう、いいぞ」

頭が魔羅を前後に動かしてくる。

「う、うう……うう……」

たくましい魔羅に、佳純は圧倒される。このような肉の凶器を持った男には、おなごは敵《かな》わないのではないか、と思ってしまう。

国許《くにもと》で剣術指南役になれなかったが、あれは当然かもしれない、と思った。おなごは男の太刀《たち》に圧倒されるのだ。

いや、そんなことはない。嚙めばよい。無防備に口に入れている魔羅をがりっと嚙めばよい。

「ほらっ、気持ちをこめて吸うんだ、佳純」

と、頭が言う。よからぬことを思っているのが、吸いかたでわかるのか。

「嚙もうと思っているのだろう。おまえには無理だ」

と言って、頭が笑う。乳房を揉みつづけている弥平もにやにやと笑っている。

驚いた。嚙もうと考えているのがわかっていて、佳純の口を魔羅で塞ぎつづけているのだ。嚙むなら嚙めと言っているのだ。

佳純は頭をにらみあげる。嚙むぞ、嚙み切ってやるぞ、と歯に力を入れる。入れたつもりだった。が、まったく力が入らない。

そんな佳純を見て、やはりな、という顔になる。左衛門たちは失望の色を浮かべている。剣客です、と言っても、所詮《しょせん》、おなごは肉の刃《やいば》には敵わないのだ、と思われている。

違うっ。私は負けない。剣術指南役にも、私のほうが向いていたのだ。

佳純は頭の魔羅を嚙もうとした。が、その刹那、さっと魔羅を引かれた。そして、その場に押し倒された。

寝巻の裾《すそ》をたくしあげられ、腰巻を毟《むし》り取られた。

あっ、と思ったときには、下腹があらわになっていた。

淡い陰りが恥丘を飾り、おなごの割れ目は剝き出しだ。

「あっ、い、いや……見ないで……」

思わず、そう言ってしまう。

太腿《ふともも》と太腿を懸命にすり合わせる。そんな恥じらう仕草がかえって盗賊たちを喜ばせるとわかっていても、すり合わせてしまう。

「ほう、生娘の割れ目だな」

と、頭が言い、弥平もそうですね、とうなずく。ほかの手下も集まってくる。

「さて、入れる前に、見てみるか」

と、頭が割れ目に指を伸ばしてくる。

「や、やめろ……」

と、佳純はにらむ。すると頭はあっさりと手を引いた。そして、沙織に向かってゆく。

「い、いや……いや……」

かぶりを振る沙織を押し倒し、寝巻の裾をたくしあげはじめる。

「うう、ううっ」

左衛門と太助がうめいている。達吉と吾市はあらわになるお嬢様の太腿をじっと見ている。

沙織の腰巻があらわれた。

「いやっ、ゆるしてくださいっ」

「やめてっ、私の割れ目を開いてくださいっ、お頭様っ」

と、佳純が必死に叫ぶが、頭が沙織から腰巻を剝ぎ取った。

「ひいっ」

と、沙織が叫ぶ。

「だめっ」

と、佳純も叫ぶなか、今度は沙織のまわりに手下たちが集まる。

みなで沙織の恥部を見つめる。

「ああ、い、いや、見ないで、おねがいですから、見ないでください」

沙織が震える声で哀願する。

沙織の陰りも、佳純同様、薄かった。恥丘にひと握りの恥毛があるだけで、すうっと通った秘溝の左右には和毛《にこげ》すらなかった。

あらわな割れ目は美しかったが、ぴっちりと閉じている佳純の割れ目とは微妙に違っていた。

「これは魔羅を咥えたことがあるな」

割れ目を見ただけで、頭が沙織が生娘でないと断言する。

沙織はいやいやとかぶりを振る。

「そうだろう、沙織」

「知りません……男の人など知りません」

「見ればはっきりするさ」

と言うと、頭が無骨な指を割れ目に向けていく。

「いやっ」

と、沙織が叫ぶなか、割れ目が開かれた。

頭がぐっと顔を寄せていく。ぎょろ目でじっくりと花びらを見つめる。

「い、いや……い、いや……」

「佳純の女陰を見てくださいっ」

と、佳純が叫ぶが、誰も佳純を見ない。押し込みたちはみな、沙織の花びらを観賞している。

「ほう、誘っているな」

「そうですね。肉の襞《ひだ》がひくひく動いています」

弥平がそう言い、頭がさらに割れ目を開く。奥をのぞきこむ。

「やっぱり、花はないな」

と言うと、ううっ、と左衛門と太助がうなる。太助は泣いていた。

「太助、おまえも見てみるか」

頭が太助に向かって、そう聞いた。

弥平が近寄り、太助を沙織のそばに引きずっていく。

「う、ううっ」

太助はうめいている。

「猿轡、はずしてやれ、四郎《しろう》」

と、頭が言い、へい、と別の手下が太助の口から猿轡をはずす。大量の唾を垂らしつつ、猿轡がはずれる。

「沙織お嬢さんっ」

と、太助が叫ぶ。

「太助、見るなっ。私の女陰を見ないでっ」

と、沙織が叫ぶ。

が、太助は沙織の恥部をのぞきこんでいく。

「ああ、これが……沙織お嬢さんの……花びら……」

「よく見ろ、花がないだろう」

「は、はい……」

「うそっ。ありますっ。花はありますっ」

と、沙織が叫ぶ。

まだ、沙織は太助を非難していない。みなはまだ、太助が引き込みだと知らないようだ。太助もほかの者たち同様に、うしろ手に縛られ、猿轡を嚙まされて、大広間に連れてこられたからだ。

「舐めて、いいぞ。太助」

と、頭が言う。

「い、いや、私は……」

「手伝ってくれた礼だ」

と、頭が言い、えっ、と沙織が驚きの目を番頭に向ける。沙織だけでなく、左衛門も夏美も、達吉も吾市も目を見張っている。

四

「ど、どういうこと、太助」

と、沙織が聞く。

女陰はあらわにさせたままだ。ずっと頭が割れ目を開いている。

「ああ、申し訳ございませんっ、沙織お嬢さんっ」

と、太助は頭を下げる。ぼろぼろと涙を流している。

「こいつが、引き込みだ」

と、頭が言う。

「う、うそ……どうして……」

「沙織の女陰に魔羅を突っこみたかったからだよな、太助」

と、頭が言う。

「違いますっ、違いますっ、私は……違いますっ」

太助は激しくかぶりを振っている。

「うう、ううっ」

番頭に裏切られた左衛門が、鬼の形相《ぎょうそう》で太助をにらんでいる。

「ほら、舐めろ、太助。礼だ」

と言って、頭が太助の後頭部をつかみ、沙織の恥部に向かって押していく。

「いやっ、私はっ」

「だめだめっ」

太助の顔面が沙織の恥部に埋もれた。

「いやっ」

「沙織さんっ」

「う、ううっ、ううっ」

太助が自らの意志で顔面を沙織の花びらにぐりぐりとこすりつける。

「やめなさいっ。太助っ、私の女陰を舐めなさいっ」

と、佳純は訴える。が、太助は沙織の恥部に顔面を埋めたままだ。

「やめて、太助っ、汚いっ」

と、沙織が叫ぶ。

するど、太助が顔を起こした。

「沙織お嬢さんっ、汚いなんて、そんな……」

「汚いわっ……」

「沙織お嬢さん、誰としているんですかっ。もう、生娘の花はないですよねっ」

「誰とも、していないわ。でも、これでおまえを婿《むこ》に迎えることは絶対なくなったわっ」

と、沙織が叫ぶ。

「えっ」

「父から内々に、太助を婿に取らないかという話をもらっていたの。私も太助ならいいと思っていたのに……こんなことして、最低っ」

「えっ、そ、そうなのですかっ、旦那《だんな》様っ」

と、太助が左衛門に目を向ける。左衛門がうなずく。

「えっ、じゃあ……私は……婿になれたのに……それを自分からぶち壊しに」

太助が呆然《ぼうぜん》とした表情になる。

頭が太助を押しやり、沙織の女陰に顔を埋める。ぺろぺろと舐めはじめる。

「い、いや……ああ、いや……太助……ああ、助けて」

と、沙織が太助に救いを求める。

「沙織、お嬢さん」

「太助……」

沙織がすがるような目を太助に向ける。

「沙織お嬢さんに、なにをするんだっ」

と、太助がうしろ手縛りの躰を、頭にぶつけていく。

「おいっ、お頭になにしやがるっ」

と、弥平と四郎が止めにかかる。

「魔羅を、出してやれ。たまっているから、いらいらしているんだろう。沙織に突っこませてやれ」

そう言いながら、頭が沙織のおさねをいじりはじめる。すると、

「はあっ、ああ……あんっ……」

と、沙織が甘い喘ぎを洩らしはじめる。それは後妻の千代より色っぽい声だった。みながはっとして沙織を見る。

「い、いや……おさね、いじらないでください……あ、ああっ、あんっ」

「おさねを開発されているようだな、沙織」

と言いつつ、頭がおさねをいじりつづける。

「あ、ああんっ、だめだめ……」

「沙織お嬢さん……」

呆然と沙織を見ている太助の寝巻をたくしあげ、四郎が褌《ふんどし》を脱がせる。すると、弾《はじ》けるように魔羅があらわれた。

それを見た沙織が、はっとなる。

「ほう、りっぱなものを持っているじゃないか、太助。それを沙織お嬢さんに入れたいだろう」

と、頭が聞く。

「い、入れたくない……私は番頭だ……お嬢さんの女陰に入れるなんて……ありえない」

「もう、魔羅が入っている穴だ。遠慮はいらないぜ」

と言って、頭がいきなり二本の指を、沙織の女陰に入れた。

「いやっ」

と、沙織が叫び、

「やめろっ」

と、佳純が叫ぶ。

「入れるなら、私に入れろっ、太助っ」

と、佳純が言う。が、太助の目は、沙織の恥部から離れない。それだけ、お嬢さんへの思いが強いのだ。

頭が沙織の女陰を二本の指でかきまわす。

「ああ、あああっ……ああっ……」

沙織のよがり声が、大広間に響きわたる。左衛門に千代、そして夏美も信じられないといった顔をしている。

「誰とできていた、沙織」

さらにかきまわしつつ、頭が聞く。

「私は……生娘です……」

火の喘ぎを洩らしつつ、沙織がそう答える。

「もう、誰も信じちゃいないぜ。ほら、誰に入れられた」

沙織が答えないでいると、頭は二本の指を抜き、魔羅の先端を割れ目に向けた。

「いやいやっ」

「やめろっ」

と、太助が叫ぶ。先端は大量の我慢汁で白く汚れている。

頭が鎌首を割れ目に押しつける。

「益田屋《ますだや》の京介《きょうすけ》さんですっ」

と、沙織が叫んだ。

「ううっ」

と、左衛門がうめく。

「京介さんって……放蕩《ほうとう》がすぎて、勘当になった……」

と、千代が言った。

はい、と沙織がうなずく。

「京介さんは今、私が囲っているんです」

と、沙織が言い、

「なんとっ」

と、太助が驚く。

「でも、京介さんと縁を切りたくて、太助を婿に迎える話を受けようと思っていたんです」

「沙織お嬢さん……」

「京介の魔羅で……何度もいかされている私でも、もらってくれるかい、太助」

と、頭の魔羅を割れ目に当てられた状態で、沙織がそう聞いた。

「沙織、お嬢さん……私は……ずっと好きでした。京介にやられようと……それは変わりませんっ」

太助はぼろぼろと涙を流していた。それでいて、魔羅は天を衝《つ》いたままだ。

「おい、左衛門、縁談が決まったな。めでたいぞ」

と言うなり、頭がずぶりと沙織の女陰を突いていった。

「ひいっ」

「やめろっ」

沙織の悲鳴と太助の絶叫が重なる。

頭は一気に奥まで貫くと、すぐさま抜き差しをはじめる。

「いやいや……あ、ああっ、ああっ……」

最初はいやがっていたが、すぐに、よがり声をあげはじめる。

「ああ、ああっ、ああっ……」

「おう、いい女陰だ。くいくい締めてくるぞ」

そう言って、頭はずぶずぶ突いていく。

「お頭様っ、佳純に入れてくださいっ」

と、佳純は叫ぶ。

「待っていろ。沙織と千代をいかせてから、じっくりおまえの生娘の花を散らしてやるぞ」

千代と言われ、ひいっと千代が息を呑む。その間も、沙織はよがり泣いている。

「やめろっ、やめろっ」

太助が悲痛な叫びをあげている。四郎が羽交《はが》い締《じ》めにして止めている。

佳純も立ちあがった。沙織を突いている頭に近寄ろうとすると、弥平に羽交い締めにされる。縄で絞りあげられた乳房を、背後より鷲づかみにされる。

「放せっ、弥平っ」

「言葉遣いがなってないな」

と言いつつ、乳房を強くつかむ。

その間も、沙織は父や妹の前で、押し込みにずぶずぶ責められている。

「ああ、ああっ……ああっ……」

沙織がよがり泣く。

その表情を見て、その声を聞き、太助が、沙織さんっ、と慟哭《どうこく》する。

「ああ、太助、入れたいか」

奥まで突き刺したまま、頭が番頭に聞く。

「い、入れたい……入れたいっ」

と、太助が叫ぶ。すると頭が沙織の女陰から魔羅を抜き、

「いいぞ」

と言った。

五

弥平が羽交い締めを解くと、沙織お嬢さんっ、と太助が沙織に迫る。

「だめっ、沙織さんには入れてはだめっ。私に、入れてっ」

と、佳純が叫ぶが、太助には沙織の穴しか見えていない。それは頭の鎌首の形に開いたままだった。中は真っ赤に燃えて、どろどろに濡れている。

どう見ても、生娘ではない。京介に数えきれないくらい突かれた女陰だ。

「俺を裏切りやがってて、ゆるさんっ」

嫉妬《しっと》と怒りに狂った太助が、閉じようとする沙織の両足を開き、鎌首を押しつけていった。

「だめっ」

「おうっ」

あっさりと鎌首が沙織の穴にめりこむ。沙織の女陰はやけどしそうなくらい燃えていた。肉の襞が太助の鎌首に貼《は》りついている。

「ああ、これが沙織お嬢さんの、女陰かっ」

ずぶずぶと埋めつつ、太助は泣いている。さきほどは悲しみの涙だったが、今は感激の涙だ。

「ああ、なんてこと……」

沙織を頭や太助から守ることができず、佳純はおのれの無力に絶望する。大刀さえ手にすれば、一気に逆転できるのに。

大刀はなかったが、匕首なら一本ころがっている。佳純の頰をたたくために頭が懐から出した匕首だ。とても無防備にころがったままだ。

「ああ、もう出るっ」

「おいっ、はやいぞ、太助。もっと沙織の女陰を味わわないか」

と、頭が言うなか、おうっ、と吠《ほ》えて太助が沙織の中に放った。

雄叫《おたけ》びをあげて、腰をがくがく震わせる。

沙織は番頭の精汁を子宮《こつぼ》で受けて、うっとりとした表情を見せている。

「ああ、もっといいですかっ、お頭、もっといいですかっ」

と、太助が頭に聞く。

「ああ、いいぞ。もっと突いてやれ」

「ありがとうございますっ」

出したばかりだが、太助は腰を動かしていく。沙織の女陰の締めつけは極上で、萎《な》える暇も与えない。

「あっ、ああ……ああっ、太助っ」

沙織が愉悦の声をあげる。

「沙織さん……」

父や妹の前で番頭に犯されよがっている沙織を、佳純は呆然と見つめる。

頭が千代に向かう。千代をころがすと、寝巻をたくしあげ、腰巻を取る。

「ああ、おやめくださいっ」

千代の恥毛は濃かった。そこに鎌首を当てる。

「やめてっ、もう、入れないでっ。お頭様っ、佳純に入れてくださいっ」

佳純が叫ぶなか、頭が千代の女陰にずぶりと入れていく。

「いやっ」

と、千代が悲痛な声をあげる。

「なにがいやだ。ぐしょぐしょじゃないか」

と、頭が言い、左衛門と夏美が信じられないといった顔をする。すると奥まで突き刺した頭が、魔羅を引き抜いた。

みなに見せる。先端からつけ根まで千代の蜜でどろどろになっていた。

「うそ……」

思わず、佳純はつぶやく。

千代は沙織が頭と太助に犯される姿を見て濡らしたのか。それとも、この状況に昂《たかぶ》っているのか。ありえない。ありえないっ。

「沙織がやられているのを見て、うらやましかったんだろう、千代」

千代は激しくかぶりを振る。左衛門に向かって、

「違うんですっ。濡れてなんかいませんっ」

と訴える。

が、左衛門は失望の色を浮かべている。

「こういうのが好きなんだよな」

と言って、またずぶりと突いていく。

「いやっ」

千代が叫ぶ。その声をかき消すように、

「ああっ、太助っ、ああっ、太助っ」

と、沙織の声があがる。

「沙織お嬢さんっ」

太助が名前を呼び、激しく突いていく。出したばかりゆえに、もう、すぐに出すことはない。

「ああ、あっしらもいいですか、お頭」

千代と沙織のよがり顔を見せつけられて、手下たちがみな、腰をもぞもぞさせている。

「いいぞ。千代と沙織の穴なら好きにしていい」

と言って、頭が千代の女陰から魔羅を抜いた。さらに蜜まみれとなっている。ねっとりと糸を引いている。

「ありがてえっ」

と、弥平も黒装束の股間から魔羅を出している。

佳純を羽交い締めにしていた四郎も佳純を放すと魔羅を出す。ほかのふたりの手下も魔羅を出す。いきなり四本の魔羅が追加され、それぞれ千代と沙織の穴に向かってゆく。

「おいっ、太助、邪魔だっ」

と、弥平が沙織と繋がったままの太助の肩をつかみ、引き剥がそうとする。が、太助は沙織に埋めたまま、下がろうとしない。

「おまえっ、さっさと穴を空けろっ」

弥平がさらに強く肩を引くが、いやだっ、と太助は沙織の穴から抜かない。

「俺が入れるんだよっ」

と、横にまわった弥平が握り拳《こぶし》を太助の頬にぶちこんだ。ぐえっ、とうめき、倒れるが、沙織に抱きつく形で倒れた。

「この野郎っ」

弥平は怒りで顔を真っ赤にさせている。

千代には四郎とほかのふたりが寄っていく。三本の魔羅が迫り、千代がひいっと息を呑む。

夏美には誰も手を出さない。頭より先に生娘の花を散らすのは御法度《ごはっと》だからだ。

佳純は千代を助けるべく、うしろ手縛りのまま迫っていくが、頭が立ちはだかった。

「千代さんに入れさせないでください。みんな、私に入れてください」

「生娘の花は俺が散らすのが決まりなんだよ。あいつらは俺のあとに、入れることになる。それまで千代と沙織の穴に入れる」

そう言うと、頭が佳純を押し倒してきた。

「ああ、みなさんっ……佳純の生娘の花が散らされるところ……ああ、見たくないですかっ」

と、佳純は叫ぶ。

すると、千代の穴に競って魔羅を入れようとしていた手下たちがこちらを見る。沙織に覆《おお》いかぶさったままの太助を引き剝がそうとしている弥平も佳純を見た。

「ああ、佳純の生娘の花が散らされるところ、みなさんで見てください」

見たいぜ、と弥平が寄ってくる。四郎をはじめ、ほかの手下も寄ってくる。

頭が佳純の両足を開き、割れ目に指を添えた。

ぐっと開く。

剝き出しとなった佳純の花びらに、盗賊たちの視線がいっせいに集まる。

「はあっ、ああ……」

佳純は恥辱まみれのなか、火の息を洩らす。

「ほう、きれいな花びらじゃないか」

と、頭がうなる。

「こんな花びら、見たことないですぜ」

弥平も声を昂らせている。

佳純の花びらは桜色だった。見るからに穢れを知らない純真無垢《じゅんしんむく》な花びらだった。

頭がさらに割れ目を開く。すると、花が見えた。

「散らす前に、味わうか」

と言うなり、頭が佳純の恥部に顔を埋めてきた。

「あっあっ、やめろっ、舐めるなっ」

あまりのおぞましさに、佳純が叫ぶ。すると頭はすぐに顔を起こし、夏美を隣に運べ、と命じる。へい、と弥平が魔羅を揺らして夏美に迫る。

「だめ……舐めるなら、私の女陰を舐めてください」

「いやそうだったじゃないか」

「いいえ……き、気持ちよくて……だから、戸惑《こ》ってしまって、つい……」

佳純はそう言う。生まれてはじめて、男を媚びる目で見た。もちろん演技だったが、頭はにやつく。

そして再び、あらわにさせた花びらにむしゃぶりついてくる。うんうんうなって、佳純の花びらを舐めてくる。

「あ、ああ……」

いや、という言葉を、佳純は呑みこむ。おぞましさに耐える。

「ああ、うまいぞ。やっぱり、武家の女陰の味は格別だ。おまえたちも舐めてみろ」

と、頭が手下に佳純の花びらを譲る。ありがとうございますっ、と弥平がしゃぶりついてくる。

「う、うう……」

佳純はおぞましさに耐える。匕首がそばにある。あれでうしろ手の縄を切れば。あれさえ手にできれば、こんな男たちなど佳純の相手ではない。

「ああ、うまいですっ。ああ、露《つゆ》が出てきています」

「うそ……」

「出てきているぜ、佳純。感じてるんだろう」

「感じてなど……い、いや……はあっ、感じてます……弥平様」

また、佳純は媚びた眼差《まなざ》しを弥平に向ける。すると、弥平がどろりと大量の我慢汁を出した。

「おいおい、おなご知らずの餓鬼じゃないんだから、見られただけで、そんなに出すなよ」

と、頭があきれたようにそう言う。

「いや、佳純の目つきはたまりません」

弥平が譲り、四郎がしゃぶりついてくる。

その刹那、佳純の躰にいきなり快美な雷が落ちた。

「はあっんっ、やんっ」

佳純が甘い声をあげる。左衛門が驚きの目を向けている。

佳純の敏感な反応に煽《あお》られ、四郎はしつこく舐めている。

「あ、ああっ……はあっ、あんっ……」

なぜか四郎の舌遣いに、佳純は反応する。

「おい、次に譲れ」

と、弥平が言う。が、四郎は佳純の女陰に舌をねじこんだまま、引かない。

「あんまり強く舐めると、佳純の生娘の花が散るだろう、四郎」

弥平が四郎の頭をつかみ、引きあげようとする。

「おいらの舌で佳純が感じて、兄貴、嫉妬しているのかい」

佳純を泣かせたことで、四郎が調子に乗っている。

「なんだとっ、もういっぺん、言ってみろっ」

「だから、佳純はおいらのほうが感じるってことだよ」

そうだよな、と四郎が佳純に問う。

佳純は、はい、とうなずいた。

「それ見ろ」

と、四郎が胸を張る。

「この野郎っ、調子に乗りやがってっ」

と、弥平が四郎に殴りかかる。

「なにをやっていやがるっ。やめないかっ」

弥平と四郎が殴り合いとなっている。それをほかの手下が止めようとするが、ふたりとも突き飛ばされる。

「やめろっ」

と、頭が間に入るが、頭に血が昇っている弥平は頭も突き飛ばしてしまう。

「あっ、お頭っ」

みなが、突き飛ばされてうなっている頭に注意が向く。

佳純は寝たまま、さっと横に動き、匕首を手にした。両手首を縛っている縄を切る。

「すみませんっ、お頭っ」

弥平が頭の腕を取る。

起きあがりつつ、頭が佳純の縄が解かれたことに気づいた。

「おいっ、敏三《としぞう》っ」

と、佳純のそばに立つ手下のひとりに頭が声をかけた。

「うしろっ」

と叫び、敏三が振り向いた刹那、佳純は匕首で敏三の心の臓を突き刺した。

「ぐえっ」

黒装束越しであったが、見事に匕首が心の臓を捉えていた。

佳純が匕首を抜くと、血飛沫《ちしぶき》を上げつつ、ひっくり返る。

佳純はすばやく血飛沫を避けると、もうひとりの手下の首を突き刺した。

「うぐ……」

もうひとりの手下が黒装束に包まれた躰を激しく痙攣《けいれん》させる。

佳純が匕首を抜くと、血飛沫を放ちつつ、顔面から倒れていった。

「このアマっ」

と、弥平が懐から匕首を出し、佳純と向かい合う。

弥平が獣を捕らえる目になっている。

佳純の目も光り輝いている。匕首を持って、剣客の血が騒いでいた。

「たあっ」

しゅっと匕首を斬りつけてくる。

佳純はぎりぎりで避けて、弥平の腕を狙《ねら》う。弥平はそれをかわしたが、佳純はすぐさましゃがみ、太腿に突き刺した。

「ぎゃあっ」

と叫び、弥平が膝を折る。佳純は正面から喉に突き刺した。

「ぐえっ」

とうめき、背後に倒れていく。倒れざま、佳純は匕首を引き抜いた。しゅうっと血飛沫が上がり、佳純の白い美貌を直撃した。

佳純は避けず、血飛沫を美貌で受ける。

「ああ、佳純……」

凄艶《せいえん》な美貌に、頭が目を見張る。

その頭に佳純は向かってゆく。

「おいらが相手だっ」

と、匕首を手にした四郎が、脇から斬りかかってくる。

佳純は縄から解放された乳房を揺らし、さっと背後に飛ぶ。斬りそこねた四郎がたたらを踏んでいると、佳純は一気に抱きついていった。

匕首が見事に、心の臓に突き刺さる。

反撃の暇も与えられなかった四郎が、躰を震わせ、口から血を噴いた。

佳純が離れると、抱きつくようにして倒れてくる。佳純はそのまま四郎に押し倒された。

「頭っ、逃げるなっ」

頭がひとり、大広間から逃げていく。

「待てっ」

佳純は四郎に倒されたまま、動けなかった。

第四章　おなごの武器

一

「日本橋のとある大店《おおだな》に、鬼蜘蛛が入ったよっ」

両国広小路《りょうごくひろこうじ》。読売の幸太《こうた》の声が響きわたっている。が、鬼蜘蛛の押し入り話は、もうさして珍しくもなく、あんまり人が集まってこない。

「鬼蜘蛛だったら、また、そこのおなごをやりまくったのかいっ」

と、さくらの政夫《まさお》が幸太に大声で問う。

「そこだよっ。やりまくったと思うだろう。なんとおなごの用心棒が、その身を捨てて、大店の美人の後妻や娘たちを守ったのさっ」

「なんだってっ、その身を捨ててって、どういうことだいっ」

と、政夫が叫ぶと、なんだ、なんだ、と人が集まりはじめる。おなごの用心棒がその身を捨てて、というところが江戸《えど》っ子の興味を引いていた。

かなり集まったところで、

「まさに捨ててさ。そのおなごの用心棒は生娘《きむすめ》なのさ」

と、幸太が言う。

「えっ、まさか、生娘の花を差し出したというのかいっ」

と、さくらの政夫が大声で問う。

ますます人だかりが増えてくる。

みな、興味津々で幸太を見つめている。

「続きは、これに書いてあるぞっ。そのときの絵もあるぞっ。おなごの用心棒の乳もわかるぞ」

幸太がそう言って、読売の束を差しあげる。

「ちきしょうっ。買うしかないぜ」

と、政夫が銭を出して、読売を手にする。すると集まった江戸っ子たちが、俺も俺もと手を出してくる。

大量に刷ってきた読売も、瞬《また》く間になくなりそうになる。

最後の一枚になったところで、

「それ、くれ」

と、武士が小銭を出してきた。

「あっ、新崎の旦那《だんな》」

「商売繁盛のようだな」

「いや……旦那は金はいりませんよ」

「そういうわけにもいかないさ」

と、定町廻り同心の新崎が最後の一枚を手にした。

そして、その場で読みはじめる。

おなごの用心棒が後妻や娘を助けるために、自らの生娘の花を差し出し、ついに、頭《かしら》に突き破られるあたりで、新崎が顔を歪《ゆが》めた。

「これは真《まこと》のことなのか」

「まあ……」

「誰から聞いた」

「それは言えませんぜ、旦那」

新崎は苦渋《くじゅう》の表情で、おなごの用心棒が乳を出して、うしろ手に縛られている絵を見つめている。

「おなごの用心棒、知った顔ですか」

「えっ、いや……とにかく、これは真なのだな」

「押し込みが入ったのは真ですよ」

「それじゃない。おなごの用心棒の生娘の花が散らされたくだりだっ」

と、新崎が声を荒らげる。穏やかな同心ゆえに珍しい。

新崎とおなごの用心棒の間になにかあるな、と幸太は読んだ。

「そこはあの……はっきりとはしていないんですよ」

「はっきりしていないっ。はっきりしていないのに、読売に書いているのかっ」

と、新崎がどなりつける。これまた珍しい。

「いや、それはその……あれですよ……」

「あれとはなんだっ」

今にも腰のものを抜きそうな勢いだ。

「いや、まあ……あれです」

幸太ははっきり答えない。売るために、煽《あお》った記事を書いているだけだからだ。

「この乳は真なのかっ」

と、乳房を出した絵を突き出し、新崎が聞く。今日の新崎は威圧感がある。いつもの定町廻りのお務めのときも、これくらい威圧感があればいいのに、と思ってしまう。

「真のようであり、真でないようであり……」

「ううむ」

新崎は縄が食いこむ乳房の絵を見つつ、ずっとうなっていた。


佳純は手習所《てならいごころ》にいた。子供たちを迎える用意をしていた。

血の臭《にお》いがして、はっとなる。

匕首《あいくち》で押し込みを突き刺したときのことが、生々しく蘇《よみがえ》る。

匕首を抜くと、血が噴き出し、佳純の顔にかかった。

頭が逃げたあと、左衛門たちの縄を解《ほど》き、台所で何度も顔を洗った。

洗っても洗っても、血の臭いは消えなかった。

左衛門は泣いて感謝した。

「佳純様のおかげで、夏美は生娘のままでした」

何度も頭を下げられた。が、押し込みの頭に突かれてよがった千代を見る目は冷めていた。太助は番所には突き出さなかった。押し込みに入られたことを表に出すことを左衛門がいやがったのだ。

千代と沙織は犯されたが、金は取られていない。夏美の生娘の花は守られた。

沙織はそもそも生娘ではなかった。だから、町方に訴え出なかった。

太助はすぐに姿を消した。

昨夜のことが思い出されると、躰《からだ》の芯《しん》が疼《うず》いた。

弥平に花びらを舐《な》められたときからせつなく疼きはじめて、四郎に舐められたときはあきらかに感じていた。

あのとき、四郎が女陰《ほと》から顔をなかなか引かなかったから喧嘩《けんか》となり、隙《すき》ができたのだ。

私の女陰をめぐって男たちが争った、隙を見せるほどに……。

私の女陰の味や匂いは、そんなに男を狂わせるのか……。

なによりおぞましいはずなのに、感じてしまった自分の躰が恨めしい。けれど、感じて濡らし、男を狂わす匂いを放ったから、左衛門たちを助けることができたのだ。どうにか、用心棒の役目を果たすことができたのだ。

あのとき、頭に生娘の花を散らされる覚悟を決めていたが、ぎりぎり生娘の花は守られた。

よかった、と佳純は思った。

二

「おはようございます」

新崎が姿を見せた。

「あら……おはやいですね」

こんな朝から新米が、いや新崎が顔を見せるははじめてだった。

「ちょっと尋《たず》ねたいことがあってな」

と言って、新崎が読売を掲げる。

「なにか、昨晩のことが書かれているのですかっ」

左衛門は表沙汰《おもてざた》になることを嫌って番屋に訴え出ていないが、どこからか洩《も》れたのだろうか。

「これだよ」

と、新崎が読売をくれる。佳純は食い入るように読んだ。自分の絵が描かれていて、頬《ほお》を赤らめる。

なにか、江戸中の人間に、乳房を知られたような気になる。

「あの、ひとつ大きな間違いがあります」

と、佳純は言った。

「なんだ、間違いとは」

と、新崎が顔を寄せてくる。なるほど。新崎もそこが気になって、朝はやくから姿を見せたのか。

「生娘の……その……花を……その差し出したのは真です」

「そうなのか。頭に差し出したのかっ」

と、新崎が大声をあげる。なぜなのか、泣きそうな顔になっている。

そんなに私の生娘の花を案じていたのか。

「ただ、その……散らされては……いません」

と、佳純が言うと、

「それは、真なのかっ、佳純さんっ」

と、さらに新崎が顔を寄せてきた。今にも、唇と口が触れ合いそうだ。

「はい……真です」

「そうかっ。よかった、よかったぞっ」

と、新崎が満面の笑みを浮かべる。

「では」

と、はやくも新崎が立ち去ろうとする。

「あの、尋ねたいことって、それだけですか」

「そうだ。よかった。安堵《あんど》したぞ、佳純さん」

新崎は上機嫌で去っていった。


同じ頃、鬼蜘蛛の頭である色右衛門は千鶴に魔羅《まら》をしゃぶらせていた。

「ううっ……」

千鶴がうめき、唇を引く。たくましく反り返った魔羅があらわれる。

「今、佳純を思いましたね、お頭」

「そうだな」

佳純に四人の手下を殺され、鬼蜘蛛の手下は千鶴だけになっていた。これでは、しばらく仕事はできない。

が、佳純を恨む気持ちはまったく起こらない。

佳純を思うと、股間に劣情の血が集まってくる。

「佳純をどうなさりたいのですか」

　裏すじを舐めつつ、千鶴が聞く。

「飼いたいな」

「飼う……」

「そう。飼って、俺の牝《めす》にしあげて、手下にしたいな。佳純が手下になれば、四人の手下以上の働きをするだろう。あらたに見つけて、手下を育てる必要がなくなるぞ」

「なるほど。さすが、お頭です」

　と言うと、千鶴が先端から咥《くわ》えてくる。

「うう……」

　根元まで咥えられ、色右衛門はうめく。

「そんなに、佳純の女陰の匂いはよかったのですか」

　魔羅を吐き出し、千鶴が聞いてくる。

　佳純の女陰を前にして、弥平と四郎が争いはじめたのがきっかけで、しくじった話はしてあった。

「そうだな。男を、いや、牡《おす》を狂わせる匂いだな。弥平が舐めはじめてから、女陰を濡らし、四郎が顔を埋《うず》めたときには、極上の匂いになっていたようだな」

「私の女陰の匂いより狂わせるのですね」

「おまえの女陰は牝の匂いだ。佳純の女陰は、生娘特有の匂いだな。あのとき、佳純の生娘の花を散らさなかったことを悔やんでいたが、散らさなくてよかったかもしれんな」

「捕らえても、生娘のままで飼うのですか」

「それもいいかもしれんな。生娘のまま、おまえのような色好きにさせるのだ」

「私は色好きでありませんよ、お頭」

そう言うと千鶴は、再び咥えてくる。一気に根元まで咥え、強く吸ってくる。

「ううっ……おまえを色好きにさせたのは、俺だからな。生娘のおまえを拾って、ここまでのおなごにしあげたからな」

千鶴は孤児だった。廃寺の境内《けいだい》で小腹を空《す》かせた小娘を、色右衛門が拾ったのだ。小娘の頃より、男好きのする顔立ちだったからだ。

「お頭に拾ってもらえて、千鶴、幸せです」

「女陰の匂いを嗅《か》がせろ」

色右衛門が千鶴を畳に押し倒す。ふたりとも裸だ。

ここは向島《むこうじま》の隠れ家である。大店の寮だったところを手に入れた。四人手下を殺され、すっかり広く感じられる。

ふたりしかいない座敷で、色右衛門は千鶴の両足をぐっと開き、股間に顔を寄せていく。割れ目を開くと、むせんばかりの牝の性臭が薫《かお》ってくる。

花びらは真っ赤に燃えて、すでにどろどろだ。

佳純の清廉《せいれん》な花びらとはまったく違うが、これはこれでなんともそそる。

「どうですか、私の女陰は」

「牝だな、牝」

「ああ、牝はお嫌いですか。やっぱり、生娘がいいですか」

「どっちもいいぞ」

鼻をくんくんさせて、千鶴の発情した匂いを堪能《たんのう》する。

股間に来るが、佳純の女陰の匂いのように、男を狂わせるほどではない。昨日は、弥平と四郎は狂っていた。あそこで仲間うちで喧嘩など、御法度《ごはっと》中の御法度だったが、そうさせてしまうものが、佳純の女陰の匂いにはあった。

色右衛門は千鶴の女陰に顔を埋めた。

顔面が発情した牝の匂いに包まれる。おなご知らずなら、これだけで射精するだろう。匂い自体が誘っている。

まともに匂いを嗅ぐと、すぐに入れたくなる。が、我慢して、おさねを舐める。

すると、

「はあっんっ」

と、すぐに敏感に反応する。長年かけて、しあげてきた女体だ。千鶴が落としにかかり、落ちなかった男はいない。今回の太助のように、千鶴の躰欲しさに引き込みになってしまう。

佳純なら、もっと大物を落とせるかもしれない。生娘のまま、極上の女体を作りあげるのだ。

「あ、ああっ、あああっ」

しつこく舐めていると、千鶴の裸体が震えはじめる。白い肌が汗ばみ、甘い体臭を立ちのぼらせる。女陰の匂いもさらに濃くなっている。

そうだ。佳純こそ、役に立つおなごになる。佳純なら、もっとでかい仕事ができるかもしれない。

千鶴の匂いを嗅ぎつつ佳純を思い、色右衛門の魔羅は鋼《はがね》のようになっていた。

女陰から顔を起こすと、そのまま本手《ほんて》でずぶりと突き刺していく。

「ああっ、硬いっ……ああ、お頭っ」

千鶴の女陰はどろどろだ。ぬかるみでありつつ、媚肉《びにく》はきゅっと締めてくる。

匂いを嗅いでぎりぎり射精しなかった男も、ここですぐに出してしまうだろう。

そして、この女陰の締めつけを知ったら、もう千鶴から離れられなくなるだろう。

色右衛門は奥まで貫くと、最初から飛ばしていく。

ずどんずどんと突いていく。

「いい、いいいっ、お頭っ」

千鶴とはもう数えきれないくらいまぐわっているが、いつ入れても、何度入れても、新鮮な刺激を覚える。

「ああ、ああっ、もう、気をやりそうです」

「はやいな」

「ああ……ああっ……お頭の魔羅……ああ、狂いそうですっ」

と、千鶴が叫び、色右衛門を見つめている。黒目が妖《あや》しく潤《うる》んでいる。汗まみれの裸体すべてで媚《こ》びている。

佳純という生娘のおなごが来るというので、千鶴は捨てられるのでは、と怯《おび》えているのか。

「ああ、極上の女陰だ。おまえの躰は俺の傑作だっ」

「あ、あぁっ、うれしいです……い、いくっ」

はやくも、千鶴は気をやった。汗まみれの裸体をがくがくと痙攣《けいれん》させつつ、強烈に魔羅を締めてきた。

色右衛門は締めつけに耐え、魔羅を抜く。するとすぐさま、千鶴が上体を起こし、おのが蜜まみれの魔羅にしゃぶりついてくる。

「うんっ、うっんっ、う、うんっ」

いかせてくれた感謝を伝えるように、じゅるじゅると吸ってくる。

「おお、おいしい、ああ、おいしいですっ」

「尻を出せ」

はい、と千鶴は四つん這《ば》いになり、むちっと熟れた双臀《そうでん》を差しあげる。幾多の男の精汁を吸い取り、牝の色香をむんむん漂わせる尻だ。

その尻たぼをつかみ、ぐっと開くと、割れ目が鎌首《かまくび》の形に開いて誘っている。

真っ赤に燃えた穴めがけ、色右衛門はぶちこんでいった。

「ひいっ……いいっ」

一撃で、千鶴は気をやりそうな声をあげた。

三

夜。佳純は自宅の庭で素振りをしていた。

稽古着《けいこぎ》をもろ肌に脱ぎ、上半身はさらしだけで大刀《だいとう》を振っていた。

できればさらしも取って大刀を振りたいが、そうするとたわわな乳房が大きく揺れて、動きが鈍る。

昨晩は、匕首で相手の不意をついたから、一気に四人も倒すことができたが、あの場で大刀を手にしていたら、あれほどすばやく扱うことができたかどうか疑問だった。

あのとき、佳純は乳房をあらわにさせていた。ずっと縄が上下に食い入っていたが、縄を解いたときに、乳房は解放された。

乳房を解放したまま大刀を振っていたら、どうなっていたのか。やはり動きが鈍くなり、一気に倒すことはできなかったのでは。

佳純はまわりに目を向け、ひと気がないのを確かめると、さらしを取った。たわわなふくらみがあらわれる。すでに汗ばんでいる。

佳純は巨乳をあらわにさせたまま、大刀を振る。ただ振るのではなく、前に出て相手の腹を斬《き》り、すぐさま小手を狙《ねら》い、そして袈裟懸《けさが》けに斬る。

やはり動きが遅い。さらしを巻いているときとはわずかの違いだが、そのわずかな違いが命取りになる。

昨晩、うまくやれたのは、盗賊《とうぞく》たちが佳純の色香に血迷ったからだ。

しかし、私に男を血迷わせるような魅力があるのだろうか。そもそも、私は男を知らない。蒼《あお》い躰である。匂うような色香はないはずだ。

が、弥平も四郎も競って私の女陰の匂いを嗅ぎたがった。

これからも乳房をあらわにさせた姿で、敵と相対することもあるだろう。

捕らえられたとき、男はおなごの乳を見たがるのがよくわかった。おなごは乳をあらわにさせられると思っていたほうがよい。

常にさらしで乳を押さえつけた状態で、敵と相対するわけではないということを、昨晩思い知った。

佳純は乳房をあらわにさせたまま、大刀を振る。しゅっしゅっと空気を切り裂く。とともに、ぷるんぷるんと乳房が弾む。

やはり動きが鈍い。乳房をあらわにさせたまま、すばやく大刀を振れるようにしなければ。

佳純は人の気配を感じた。

「誰っ」

新崎かと思ったが、違っていた。

「そこにいるのは誰っ」

と、佳純は生け垣の右手前方に大刀の切っ先を向ける。

すると裏木戸が開き、ひとりの武士が姿を見せた。

「豊満な乳は太刀《たち》さばきの邪魔になるが、それだけではないぞ」

いきなりそう言われ、乳房をまる出しにさせたままだと気づき、佳純はあわてて稽古着の袖《そで》に腕を通す。

「相手をする男は、その乳に惑ってしまう。気配を殺していたのだが、乳が揺れはじめて、気が乱れたようだ」

「あなたは……」

「多岐川主水《たきがわもんど》と申す。火付盗賊改方《ひつけとうぞくあらためかた》の頭（長官）である」

「火盗改のお頭様が、いったいどうして」

昨晩のことだとは思ったが、もう耳に入っているのか。

「越前屋の件を耳にして、どういう用心棒なのか、と顔を見に来たのだ」

「それだけですか」

「ひとつ頼みがあってな」

「頼み……」

「中に上がらせてもらってよいかな」

と、多岐川主水が言った。

座敷に上げて向かい合うなり、

「長月どのを捕らえに鬼蜘蛛が来たら、わざと捕まってほしいのだ」

「えっ……」

「鬼蜘蛛は必ずや、長月どのをやりに来るだろう」

「私を……やりに……」

「鬼蜘蛛は押し込みに入った先のおなごは、必ずものにしているのだ。今宵《こよい》、こうして長月どののお顔を拝見して、やらずに逃げたままでいることはありえないと確信した」

「わざと捕まって、どうなるのですか」

「火盗改が始終、長月どのを見張っている。そして捕らえて、運んだ先までつけていき、本拠を一網打尽にしたいのだ」

「ご存じのように、私は手下を四人殺しています。まだ、手下はいるのでしょうか」

「わからぬ。が、少なくとも、おなごの手下がひとりはいるはずだ。こたびは番頭が引き込みとなっている。番頭は鬼蜘蛛の手下のおなごに、色じかけで落とされているはずだ」

「そうですね」

「一網打尽にすることに、協力してくださらぬか」

と言って、火盗改の頭が、佳純に頭を下げた。

「さきほど、豊満な乳は太刀さばきの邪魔だけではない、とおっしゃいましたよね」

「そうであるな」

「乳に気を取られるということですか」

「そうだ。私は長月どのが外で素振りをはじめる前から生け垣の外にいたのだ」

「そうなのですかっ」

まったく気づいていなかった。

「気配を消すのは得意でな。実際、素振りをはじめても、長月どのはわしには気づかなかった。素晴らしい太刀すじだと感心していたのだが、もろ肌脱ぎをしたところから、ちょっと気が乱れはじめたのだ」

そのときも、佳純は気づかなかった。

「さらしを取った刹那は、完全に気が乱れてしまった。気づかれてもおかしくないと思ったが、ぎりぎり気づかれなかった。そして大刀を振りはじめて、そのたびに乳が弾みはじめたら、もうだめであったな」

「そうだったのですね」

「わしもまだまだ剣客として修行が足りぬな」

「おなごの乳は武器にもなるのですね」

「そうであるぞ。確かに太刀さばきにわずかな遅れが出るが、それよりも男を惑わす力のほうが勝っていると見た」

「それは大変よいことをうかがいました。私はこの大きな乳を恨めしく思っていたのです。おなごとして男に負けないように剣の腕を磨いても、大きな乳が邪魔をしてしまう、と思っていたのです。でも、違うのですね」

「おなごにはおなごの武器があるものだ。わしもはじめて知ったよ。なにせ、長月どののような見目麗《みめうるわ》しいおなごの遣《つか》い手に会ったことがなかったからな」

主水は表情を変えず、そう言う。褒《ほ》めているのではなく、事実を淡々と述べているような感じだ。

「だからなおさら、鬼蜘蛛は長月どのをやれなかったことを悔やんでいるはずだ。恐らく、千両箱を持っていかなかったことなど悔いてはいないだろう。金ならいくらでもあるだろう。が、見目麗しいおなごの剣客はめったいない。いわば、千両箱より価値があるのだ」

「私が千両箱より……」

「そうだ」

相変わらず表情を変えず、主水がそう言う。

「わかりました。私でよければ、協力させていただきます」

「ありがたい。もうひとつ頼みがあるのだが」

「なんでしょう」

「ぜひとも、手合わせをおねがいしたい」

「わかりました」

佳純はしっかりとうなずいた。

佳純は稽古着で、主水は着流しで竹刀《しない》を持ち、庭で向かい合う。月明かりがふたりを照らし、手合わせに支障はない。

お互い正眼に構える。できる、と思った。火盗改の頭だから、できるのは当たり前だろうが、国許《くにもと》にもこれだけの剣客はいない。

主水からしかけてきた。さっと迫るなり、面っ、と竹刀を下ろしてくる。瞬く間に竹刀の先が顔面に迫り、佳純はぎりぎりで受けた。すぐに主水は竹刀を引き、腹を狙ってくる。

佳純は背後に飛んだ。が、主水もそのまま迫り、小手を打ってきた。ぱしっと音がして、佳純は思わず竹刀を落とした。

「すまない。力が入って、寸止めできなかった」

佳純の心の臓は高鳴っていた。破れたのに、興奮していた。さすが江戸だ、と思った。国許の剣術大会の決勝で手合わせした矢島堅三郎など相手にならないほど強かった。なにより、竹刀さばきがはやい。動きも的確だ。

「もう一度、お手合わせをおねがいできますか」

主水がうなずき、また正眼で向かい合う。今度は、佳純からしかけていった。面っ、と打つと見せかけ、小手を狙う。読んでいたのか、あっさりと受けられ、すぐさま面を狙われる。佳純はまたも、ぎりぎり面を受ける。

主水はまたもやすばやい竹刀さばきで、胴を狙ってくる。受けたと思った刹那、面を狙われた。

小鼻の先で、竹刀が止まる。

「負けました」

「こたびは、寸止めできたな。その美しい鼻を折ったら、大変なことになるところであった」

佳純は尊敬の眼差《まなざ》しで、多岐川主水を見ていた。やはり、火盗改の頭は格が違う。

「もうひとつ、頼みがあるのだが」

「なんでしょう」

「乳を出してくれないか」

「えっ……」

「乳を出したおなご相手の稽古をしたいのだ。このような機会はめったにないからな」

「わかりました」

佳純は主水の前で稽古着をもろ肌に脱いだ。ほっそりとした肩に、白い二の腕があらわれる。

豊満な乳房を包んでいるさらしを解いていく。

恥ずかしさもあったが、乳房を出して戦うと、相手の男はどう変わるのか興味があった。

乳房があらわれた。すでに汗ばんでいる。乳首はわずかに芽吹いていた。

乳房があらわになった刹那、主水が男の目になった。一瞬、乳房に見惚《みと》れたように見えた。この刹那なら、主水に勝てるかもしれない、と思った。

竹刀を正眼に構え、向かい合う。

さきほどとは空気が微妙に違っていることに気づく。

さきほどまでは、主水は強豪の剣客以外のなにものでもなかったが、今は男を感じている。佳純が構える竹刀を見ているようで、見ていないように感じた。

乳房に気を取られている。

佳純は一気に間合いを詰めていく。

すると、主水の目が開かれた。弾む乳房に視線を引きよせられているのだ。

「面っ」

勝ったと思ったが、主水は竹刀でぎりぎり受けていた。

「胴っ」

すぐさま、佳純は胴を払った。主水の竹刀はわずかに遅れ、佳純の胴が見事に決まった。

高い技量での争いは、ほんのわずかな隙と遅れが致命傷となる。

主水が乳房の揺れに気を取られている隙をついて、佳純が勝利を収めることができた。

「やはり、敗れたか……乳に気を取られないように、気をつけていたつもりであったが、目の前で弾み、左右に動く乳に、つい……」

「乳の効果はあるのですね」

「そうであるな。乳こそ、おなごの剣客の武器であるな」

「そうだったのですね……私はずっと、この大きな乳が……いやでした」

「美しい乳だ」

と、主水が言い、じっと見つめている。

急に羞恥心《しゅうちしん》が増して、佳純は両腕で乳房を抱いた。が、豊満なので、乳首は隠せたものの、たわわなふくらみのほとんどがあらわなままだ。

恥じらう仕草を見せたことで、佳純の躰から、おなごの匂いがふわっと立ちのぼっていた。

「ああ、すまぬ……なにか、卑《いや》しい目で見てしまったな……いや、おなごの乳に惑わされることはなかったのだが……」

主水が狼狽《うろた》えている。剣を持てば、佳純など相手にならない男が、乳を前にして狼狽えている。

佳純は抱いていた両手を離した。またも、ぷるるんと主水の前で乳房が揺れる。

さきほどより、乳首が勃《た》ちはじめていた。

「これで手合わせは終わりだ。乳を隠してよいぞ」

主水が視線をそらす。

佳純はさらしを手にすると、巻きはじめる。そのとき、とがった乳首がさらしにこすれ、せつない刺激を覚えた。不意をつかれ、

「あんっ……」

と、思わず甘い喘《あえ》ぎを洩らしてしまう。

主水がえっと佳純を見る。

すると、その視線に感じてしまう。さらにさらしを巻くが、より強く巻いてしまう。

「はあっ、あんっ」

またも甘い声を洩らした。主水の視線を受けて、さらに乳首がしこっていた。

四

明くる夜――。九つ（午前零時）。

寝床で寝ていた佳純は、人の気配を感じた。

目を閉じたままでいると、寝間の襖《ふすま》が開かれ、人が入ってきた。

目を開くと、喉に匕首を向けられていた。

「立て」

黒装束の男が三人いた。鬼蜘蛛の残党だろうか。頭はいない。

寝床から起きあがると、猿轡《さるぐつわ》を嚙《か》まされた。そして両腕を背中にまわされ、縄をかけられる。

佳純は逆らわなかった。匕首が喉もとにあるから、そもそも逆らえなかったが、火盗改の頭の命に従っていた。

鳩尾《みぞおち》に握り拳《こぶし》がめりこんだ。

「うぐ……」

膝《ひざ》を折ったところを、うなじに手刀を落とされた。

すうっと意識が薄らいだ。

揺れを覚え、目を覚ますと、満天の星がひろがっていた。

猪牙船《ちょきぶね》に乗せられていた。大川《おおかわ》だろうか。わからない。

しばらくすると、船着場に着いた。佳純は抱えあげられた。運ばれていく。

主水はあとをつけているのだろうか。気配は感じない。が、つけているはずだ。

あぜ道のようなところを進むと、二階屋が見えた。そこに連れこまれる。

板間に下ろされるなり、戸が蹴破《けやぶ》られる音がした。なだれのように、男たちが入ってきた。

「神妙にしろっ。火盗改であるっ」

多岐川主水の声だった。

鬼蜘蛛の残党があわてて佳純に手を伸ばしたが、その腕をばっさりと斬り落とされる。

「ぎゃあっ」

斬られた腕から鮮血を噴きあげつつ、残党のひとりがひっくり返る。

ほかの場所でも、肉を断つ刃《やいば》の音が聞こえてくる。

「長月どの、大事ないか」

猿轡を取られた。

「多岐川様」

主水が刃を振って、うしろ手の縄を切ろうとしたとき、いきなり天井が崩れた。

「あっ、多岐川様っ」

佳純が叫ぶなか、天井の板が落ちてくる。佳純の躰にも落ちてくる。うしろ手に縛られたままの佳純はとっさに避けることができない。頭に板が当たり、再び気を失った。

多岐川主水は躰に落ちてきた板を押しのけるようにして、起きあがった。

「頭っ、大丈夫ですかっ」

部下の辰見《たつみ》が問うてくる。

「大事ないっ。長月どのはっ、長月どのはどこだっ。探せっ」

主水は立ちあがると、床に落ちている板を取りあげていく。

斬られた黒装束の男たちが、死んでいる。が、佳純の姿はない。

「いませんっ。長月どのはいませんっ」

と、辰見が叫ぶ。

「探せっ」

次々と板を引きあげるが、佳純の姿はなかった。

「しまったっ。謀《はか》られたかっ」

主水は歯ぎしりをした。


同じ頃、新崎真之介は佳純を抱える黒装束の男を追っていた。

越前屋に押し入ったとき、佳純の生娘の花を散らしそこねた賊は、必ず佳純をものにするべく姿を見せる、と読んでいた。

真之介はわしが鬼蜘蛛の頭だったら、絶対、佳純をやるだろう、と考えたのだ。

佳純の家をずっと張っていたら、火盗改の頭である多岐川主水が姿を見せた。

ともに家に入ったあと、庭に出てきて、佳純と竹刀を合わせた。二度勝ったあと、乳を出してほしい、と言い、もろ肌脱ぎになり、さらしを取った佳純と、また竹刀を合わせたのだ。

真之介は火盗改の頭と乳房を弾ませ竹刀を合わせる佳純の姿に見惚れていた。月明かりを一身に受けて白く輝く佳純は、神々《こうごう》しいほどに美しかった。

火盗改も佳純を見張ることを知り、真之介は佳純を見張ることをやめよう、と思った。火盗改が出張《でば》ってきたのなら、同心の出番ではないと思ったからだ。

が、夜になると居ても立ってもいられなくなり、夜ごと、少し離れた場所から、佳純の家を見張っていた。

すると、黒装束が押し入るのがわかった。しばらくすると、寝巻姿の佳純を抱えた黒装束たちが出てきた。あとをつけて、本拠に押し入り、一網打尽にするのだと思った。

真之介は距離を置いて、火盗改をつけた。

猪牙船を調達することに手間取り、大川を上っていく火盗改の猪牙船を見失った。が、しばらく探していると、寝巻姿の佳純を抱えた黒装束の男が猪牙船に乗りこむのが見えたのだ。

火盗改は、とまわりを見たが、姿はなかった。謀られたようだ。

佳純を乗せた猪牙船が滑るように進んでいく。真之介は距離を置いて、あとをつけた。

五

行灯《あんどん》の明かりが点《つ》き、佳純の美貌《びぼう》が浮きあがった。

色右衛門は覆面《ふくめん》を脱ぐと、板間に寝かせた佳純に顔を寄せていく。

佳純は気を失ったままだ。美しい。

そっと手のひらを頰に乗せる。すべすべである。

唇はやや開いている。唇にも触れる。それだけで、心の臓が高鳴る。おなごに触れて、こんな気持ちになるのは、はじめておなごと接したとき以来か。

色右衛門のはじめてのおなごは、色右衛門を拾ってくれた盗賊の頭の妻だった。かなりの大年増《おおどしま》だった。肌がしっとりとして、手のひらに吸いついてきたことを、今でもよく覚えている。

「うまくいきましたね、お頭」

千鶴がそう言う。

「そうだな」

佳純を攫《さら》いに行かせたのは、このために雇った浪人たちだ。

必ず、火盗改が張っていると思っていた。しかも、あの場では捕らえず、ここまでつけてくると読んでいた。

読みは当たった。別の場所に佳純を運ばせ、火盗改が押し入ってきたときを狙って、天井板を落とした。あらかじめ、細工しておいたのだ。

「多岐川主水もたいしたことがないな。まあ、だから俺たちもこれまで生き延びてこられたのだが」

火盗改は、押し込みにとって天敵である。入った先でおなごを犯す鬼蜘蛛は、目の敵《かたき》にされていた。

「そうですね」

千鶴が脇に侍《はべ》る。

「きれいなお顔」

と、千鶴が言う。

「乳を見るか」

色右衛門がそう言うと、千鶴が佳純の右手をつかみ、斜め上にあげていく。そこには鎹《かすがい》が打ちこんであり、そこに通してある縄で、ほっそりとした手首を縛っていく。

「うう……」

と、佳純がうめいた。

千鶴は左腕も取ると、斜め上に伸ばし、鎹に通した縄で手首を縛っていく。

そして下半身にまわると、右足をつかみ、これまた斜め下に下げていき、鎹に通した縄で右足首を縛る。左足首も縛ると、色右衛門が寝巻の腰紐《こしひも》を解いていく。

寝巻をはだけると、いきなりたわわに実った乳房があらわれた。

見事なお椀形《わんがた》だ。若さが詰まり、ぷりっと張っている。寝ていても、脇が垂れることがない。

乳首はわずかに芽吹いている。花も恥じらうような桜色だ。

見ているだけで、ぞくぞくしてくる。

剝《む》き出しにさせた肌から、甘い体臭が薫ってくる。

色右衛門はその薫りに引きよせられるように、佳純の乳房に顔を埋めていく。

「うっ、うう……」

ぐりぐりと押しつけていくと、佳純がうめいた。

「だ、誰っ……おまえっ、鬼蜘蛛かっ」

色右衛門が顔を上げた。

「久しぶりだな、佳純」

「ここは、どこだっ」

「俺のねぐらだよ」

佳純がまわりに目を向ける。

「多岐川主水は来ないぞ」

佳純が表情を変える。

「主水は別宅に案内してやったからな」

「べ、別宅……」

「邪魔されたくないだろう」

そう言って、色右衛門はお椀形の乳房をつかみ、五本の指をぐぐっと食いこませていく。

「うう、やめろ……」

佳純が美しい黒目でにらみつけている。澄みきった瞳だ。

千鶴のように、男を咥えこみすぎた牝の瞳とは違う。

佳純のような澄んだ瞳で見つめられると、思わず乳房から手を引きたくなる。

「やめろ……ああ、縛っているのだな……なんと卑怯《ひきよう》なっ」

佳純に卑怯と言われ、色右衛門は笑う。

「そうだな、卑怯だな」

おなごを捕らえたら、まずは縛るというのが常道だが、それは色右衛門の常道であることを知らされる。

澄んだ目を持ったおなごから見れば、これは卑怯きわまりないことなのだ。

「すぐに縄を解けっ、鬼蜘蛛っ」

と、佳純が両手両足を動かしつつ、そう訴えている。

両腕を動かすたびに、たわわな乳房がゆったりと揺れる。その動きを見ているだけでも、そそる。

「俺の名は色右衛門だ。これから色右衛門様と呼ぶのだ、佳純」

「鬼蜘蛛は鬼蜘蛛だっ」

と、佳純がにらみつける。

「色右衛門様と呼びなさい」

と、千鶴も命じている。

「おまえは誰だっ。鬼蜘蛛の仲間かっ。おまえが、番頭の太助をたらしこんだのかっ」

「そうよ。あの男は、引き込んだら、沙織をやらせると言ったら、すぐに落ちたわ」

そう言いながら、佳純の頰を撫《な》でている。

「触るなっ」

と、佳純がにらむと、あら、と言いつつ、乳房をつかむ。

「やめろ……」

「おなごは嫌いかしら、佳純」

そう聞きつつ、千鶴が乳房を揉《も》みしだく。

「やめろ……触るなっ……」

「脱がせろ」

と、色右衛門が言うと、千鶴が匕首を手にした。

「なにをする」

「安心して、おまえの顔にも肌にも傷はつけないから。大切な躰になるからね」

「おまえも、私と同じように、お頭の牝になるのさ。おまえなら、江戸留守居役《るすいやく》も落とせそうだからね」

「どういうことだ」

と言いつつ、はだけた寝巻の右の袖を匕首で切っていく。袖がはずれ、佳純の腋《わき》の下があらわれる。和毛《にこげ》が貼《は》りついている。

「そそる腋の下をしているわね」

と言って、千鶴がそろりと腋のくぼみをなぞる。

「やめろっ」

千鶴は妖しい笑みを浮かべ、右の腋のくぼみから、二の腕の内側をなぞりあげていく。

「ああ、やめろ……」

佳純の声が甘くかすれる。

「あら、腋、感じるのね、佳純」

そう言うと、千鶴が腋のくぼみに顔を寄せて、ちゅっとくちづけた。

「ああ、やめろ……」

千鶴の責めを受けて、狼狽えている佳純を、色右衛門はにやにやと見ている。

「さあ、色右衛門様とお呼びするのよ、佳純」

腋のくぼみをなぞりつつ、千鶴が命じる。

「縄を解けっ」

佳純が叫ぶ。

「わかってないのね」

千鶴が左手にまわり、寝巻の左の袖も匕首で切る。

寝巻が佳純から離れ、左の腋の下もあらわれる。こちらも和毛が貼りついている。

「腰巻も脱がせろ」

と、色右衛門が命じると、はい、と千鶴の手が腰巻に向かう。

「やめろ……」

佳純の股間からあっさりと腰巻が取られる。

恥部があらわになる。

品よく生えた淡い陰りが飾っている。生娘の割れ目は両足を開かれても、ぴっちりと閉じている。

そこに、色右衛門は指を伸ばす。

割れ目に触れると、くつろげていく。

色右衛門と千鶴の前に、佳純の花びらがあらわれる。

「あらまあ、なんて花びらなの」

はじめて目にする千鶴は、その可憐《かれん》な佇《たたず》まいに感嘆の声をあげる。

「この花びらに、弥平と四郎が惑ったのですね」

「そうだ。わかるだろう」

「わかります」

純真無垢《じゅんしんむく》な花びらだ。ひと目で穢《けが》れを知らないとわかる。それくらい、きれいである。

色右衛門は顔を寄せていく。すると、手下たちを狂わせた花びらの匂いが鼻孔をくすぐりはじめる。

色右衛門はすうっと吸いこむと、そのまま顔面を花びらに押しつけた。ぐりぐりとこすりつけていく。

「ああ、やめろ……やめろ……」

「ちょっと濡らしたほうが、もっといい匂いになるんだ。あのとき、佳純の花びらは湿っていたんだ」

「そうなのですね。私が濡らしてさしあげますわ」

と言うなり、千鶴が佳純の乳房に顔を埋めた。乳首を掘り起こすように、舌で突くと、

「あっ……」

と、佳純が声をあげる。

千鶴が芽吹きはじめた乳首に吸いつき、ちゅうちゅう吸いはじめる。と同時に、右手を伸ばし、あらわなままの腋のくぼみをなぞっていく。

「ああ、やめろ……」

やめろ、という佳純の声がか弱くなっている。

「ほう、蜜がにじみはじめたぞ」

と、色右衛門は言う。

「うそを……ああ、言うな……」

千鶴が右の乳房から顔を上げた。乳首はつんととがっている。千鶴の唾《つば》まみれだ。

千鶴は左の乳房に顔を埋めていく。

「ああ、やめろ……やめろ……」

「ほう、どんどん濡れてくるぞ。生娘とはいえ、もうりっぱなおなごだからな」

と言いつつ、また、色右衛門は花びらに顔を寄せていく。そして、くんくんと匂いを嗅ぐ。

「ああ、たまらん。ぞくぞくするぞ。ああ、たまらんっ」

と言うなり、色右衛門が花びらに顔を埋める。額でおさねをこすり、

「はあっ、あんっ」

と、佳純があきらかに感じる声をあげた。

「ああ、魔羅だ、魔羅を出すぞ」

色右衛門は鼻息を荒くさせていた。生娘のまま佳純を調教して、仲間にするつもりでいたが、濡らした花びらから醸《かも》し出す匂いに惑い、入れたくなってくる。

弥平と四郎を狂わせた匂いに、色右衛門も狂いはじめる。

色右衛門は黒装束を脱いだ。鍛えられた躰があらわれる。褌も脱ぐと、弾けるように魔羅があらわれた。それは瞬く間に天を衝《つ》いていく。

「あら、なんとたくましい」

佳純の乳房から顔を上げた千鶴が、あまりのたくましさに誘われ、しゃぶりついてくる。

胴体の半ばまで咥えると、さらにひとまわり太くなり、

「う、うぐ……」

と、千鶴がうめく。

色右衛門は佳純にしゃぶらせたいが、押し込んでいたときとは違い、今は人質がいない。魔羅を口に入れたとたん、嚙み切られるかもしれない。

魔羅が使いものにならなくなったら、色右衛門の人生は終わりだ。魔羅があっての人生だ。

「うんっ、うっんっ」

千鶴は色右衛門の牡の性臭に当てられているようだ。いつも以上に、魔羅を貪《むさぼ》る。

佳純の恥部を見る。すでに、ぴっちりと閉じている。だから、男を狂わせる花びらの匂いが薄まっていた。

今、あの中で匂いがたまっているはずだ。開いたら、どうなるのだろうか。開きたい。が、開いて、たまった匂いを嗅いだら、入れずにはいられなくなるのではないのか。

鬼蜘蛛として大物を狙うには、佳純が必要になる。それも、生娘の佳純が。

でも、嗅ぎたい。嗅ぎたいぞ。

色右衛門は誘惑に勝てず、佳純の股間に顔を寄せていく。千鶴は魔羅にしゃぶりついたままだ。

閉じている割れ目に指を伸ばす。

佳純はなにも言わない。色右衛門をにらんでいるが、さっきまでの迫力に欠けている。女陰を濡らしているのだ。乳首を勃たせているのだ。にらみが利かなくなるのも当然だろう。

色右衛門は割れ目に指を置いた。顔を寄せると、かすかに匂ってくる。

開くな。今開いたら、必ず入れたくなる。佳純は生娘のまま、仲間にするんだ、色右衛門っ。

色右衛門は割れ目をくつろげた。

と同時に、桃色の薫りが、色右衛門の顔面を包んできた。

「おうっ」

と、色右衛門が叫び、うぐぐっ、と千鶴がうめく。

たまりにたまった佳純の匂いを顔面で受けて、色右衛門は発情した。

根元まで咥えたままの千鶴を押しやり、魔羅を佳純の花びらに向けていく。

「やめろ……色右衛門……」

「おう、おうっ」

と叫びながら、色右衛門は鎌首の先端をはやくも閉じた割れ目に向ける。

そして割れ目に当てると、入れようとした。

そのとき、

「やめろっ」

と、ひとりの武士が飛びこんできた。

第五章　誘う花びら

一

色右衛門は完全に不意をつかれていた。佳純に入れることだけを思い、まわりに気を向けていなかった。

「やめろっ」

と、飛びこんできた武士が大刀《だいとう》を抜き、斬《き》りかかってきた。

が、その太刀《たち》すじにはかなりの乱れがあった。

「やめるのだっ」

抜いた大刀を、振りまわす。

不意をつかれてはいたが、色右衛門はあっさりとかわし、相手を見た。

若い武士だった。火盗改ではない。となると、町方か。それなら、ほかにもいるのか。まわりに気を向けるも、気配は感じない。

「佳純さんっ」

と、名を呼ぶ。知り合いか。それなら使える。

「縄を切ってください」

「そうだな」

と、武士が太刀で切ろうとするが、あせっているのか、縄を切れない。

「危ないっ」

と、佳純が叫び、武士が振り向く。

色右衛門は足に向かって、匕首《あいくち》を投げる。が、武士はすばやい太刀さばきでそれを弾《はじ》く。

すると千鶴が小袖《こそで》を脱ぎ、肌襦袢《はだジュバン》も脱いでいく。

「な、なにをしているっ」

たわわな乳房があらわれ、武士の視線が泳ぐ。予想外の動きに動揺し、かつ豊満な乳を見て、狼狽《うろた》えている。

「構わず、はやく縄をっ」

と、佳純が叫ぶ。

なかなかの遣《つか》い手だから、しゅっと大刀を振れば、縄はあっさりと切れそうだが、佳純の手首がそばにあるため、しゅっと振れずにいる。

その間に、腰巻一枚になった千鶴が匕首を手に迫っていく。

「お覚悟っ」

と、腰だめにして、乳房を揺らし、突っこんでいく。

「やめろっ」

武士は大刀を構えるが、千鶴に向かって振れずにいる。大刀を持っていても、振れなくては意味がない。

武士はぎりぎりで千鶴を避けた。が、千鶴はしゃがむなり、武士の太腿《ふともも》に匕首を突き刺した。

「ぎゃあっ」

武士が膝《ひざ》を折った。

「新崎様っ」

と、佳純が叫ぶ。やはり、知り合いだ。しかもかなり仲がよさそうだ。これは使える。

千鶴が匕首を抜いた。そしてすぐに、もう片方の太腿にも着物越しに突き刺していく。

武士は尻餅《しりもち》をついた。大刀から手を放す。千鶴はすぐに大刀を手にした。

そして、武士の鼻先に切っ先を突きつける。

「甘いね。やるなら、ひと思いでやらないと。あなたの大切な佳純がお頭《かしら》にやられるところを見せられることになるわね」

「なにをっ」

新崎と呼ばれた武士が立ちあがろうとするが、立ちあがれない。傷自体はたいしたことはない。動きを封じただけだ。千鶴はちゃんと急所をはずしていた。

「縛れ」

と、色右衛門は千鶴に荒縄を渡す。受け取った千鶴が尻餅をついたままの新崎の両腕を背後にねじる。

「やめろっ。縛るなっ」

左の太腿には匕首が突き刺さったままだ。

「新崎様っ、足は大丈夫ですかっ」

「大丈夫だっ。案じることはない。そんなことより、佳純さん……その……あの……」

「花は大丈夫です……」

頬《ほお》を赤らめつつ、佳純が答える。

「そうか。それはよかった」

おもしろい男だ。太腿を突き刺されたおのれの足よりも、佳純の生娘《きむすめ》の花が大丈夫かどうか気にかけている。

千鶴が新崎の両腕をうしろ手に縛りあげた。

そして、左足から無造作に匕首を抜く。

「ううっ……」

鮮血が出てきたが、たいしたことはない。

「さらしを巻いてやれ」

と、色右衛門は命じる。はい、と返事をした千鶴が乳房を揺らし、さらしを取りに座敷を出てゆく。

「新崎といったな。おまえは町方か」

「そうだ。すぐに、ほかの者がやってくるっ。鬼蜘蛛っ、おまえも終わりだっ」

「うそだろう」

「うそではないっ。すぐに来る。わしひとりで乗りこむわけがないであろうっ」

「どうかな」

と言って、色右衛門は再び、佳純の股間に腰を下ろす。町方に入られたものの、変わらず魔羅《まら》は天を衝《つ》いている。

これこそ、色右衛門の力のあらわれだ。どんなときも魔羅を見事に勃《た》たせていれば、おなごはみな、ひれ伏すものだ。

佳純だって、そうだ。これから、色右衛門の魔羅にかしずくことになる。

色右衛門は魔羅の先端を、佳純の割れ目に向けていく。

「やめろっ、入れるなっ」

と叫び、新崎が立ちあがろうとするが、無理だ。あぶら汗を浮かべている。

「おまえ、ひとりで来たのか」

「わしだけじゃないっ」

「うそはいかん。おまえの好きな佳純の花が散らされるぞ」

と言って、鎌首《かまくび》を割れ目にめりこませようとする。

「待てっ。わしひとりだっ。誰も来ないっ」

「新崎様……鬼蜘蛛なんかの言いなりになってはなりませんっ」

と、気丈《きじょう》にも佳純が叱咤《しった》する。

「しかし……」

新崎のほうは、なにより佳純の生娘の花が心配なようだ。

もしや、こやつはおなご知らずなのか。

千鶴が乳房を揺らし、戻ってきた。すると新崎の視線が、千鶴の乳に向かう。

千鶴が新崎の前に座り、着物の裾《すそ》を大きくたくしあげる。

傷口があらわになる。

「かすり傷ね」

と言うと、傷口にまずは軟膏《なんこう》を塗っていく。

「これはすごく効くのよ、旦那《だんな》」

新崎の目は、千鶴の乳房に向いている。

乳に触れたこともないようだ。千鶴で男にさせてやるか、佳純の目の前で。

佳純の割れ目のそばにある色右衛門の魔羅が、さらにひとまわり太くなる。

軟膏を塗ると、さらしを巻いていく。盗賊《とうぞく》に怪我《けが》はつきもので、千鶴は手慣れている。

そして、もう片方の傷口もあらわにさせて、軟膏を塗っていく。新崎はすっかりおとなしくなっている。さらしを巻くと、千鶴が起きあがり、新崎の髷《まげ》をつかむと、いきなり乳房を顔面に押しつけていった。

「う、ううっ……ううっ……」

なにをするっ、とうめいているのだろう。

「ごめんなさいね、傷をつけてしまって。痛むでしょう。こうしている間は、痛みも忘れるでしょう」

と言いつつ、ぐりぐりと乳房を押しつけている。

いいぞ、千鶴。よくわかっている。おまえも、新崎がおなご知らずと察したようだな。

「う、ううっ」

新崎はうめいているものの、顔を引いたりしない。押しつけられるままに委《ゆだ》ねている。

千鶴が乳房を引いた。

「や、やめろ……」

「少しは痛みを忘れたかしら」

「知らぬ……」

「あら、拗《す》ねないで、旦那。そうだ。もっと痛みを忘れることをしてあげようかしら」

と言って、千鶴が着物を大きくはだけた。そして、下帯《したおび》に手をかける。

「な、なにをするっ。やめろっ」

と叫ぶ新崎の目が、そばで揺れる乳房から離れない。

下帯を千鶴が脱がせた。魔羅があらわれる。それは色右衛門と違い、縮んでいた。

千鶴はすぐに、新崎の股間に顔を埋《うず》めていく。新崎の縮んだ魔羅が、千鶴の口に包まれる。

「やめろっ」

と、新崎が叫ぶ。佳純に目を向ける。大の字に磔《はりつけ》にされている佳純は、天井を見つめている。

千鶴が強く吸っていく。そして、顔を上げた。縮んでいた魔羅が半勃ちにまで大きくなっていた。

千鶴は半勃ちの魔羅をつかむと、ゆっくりとしごきつつ、再び新崎の顔面に汗ばんだ乳房を押しつけていく。

「う、ううっ」

新崎がうめくなか、魔羅が瞬《またた》く間に天を衝いていく。

二

「うれしいわ。そんなに私のお乳、好きになってくれたのかしら。佳純のお乳と比べてどうかしら」

ぐりぐりと乳房を押しつけつつ、千鶴が聞く。

「う、ううっ」

新崎はうめきつづける。

佳純は苦悶《くもん》の表情で横顔を見ている。佳純も新崎に惚《ほ》れているのか。

千鶴が乳房を引いた。

「旦那、私の乳と佳純の乳、どっちが好きなのかしら」

「知らぬ……」

「どちらかしら」

と聞きつつ、魔羅をしごく手をはやめる。

「や、やめろ……」

鈴口《すずぐち》から我慢汁がどろりと出てくる。

「どちらの乳が好きなのかしら」

と聞きつつ、左手で我慢汁だらけの鎌首を撫《な》ではじめる。

「や、やめろっ、出るっ」

「どちらの乳が好きかしら」

「ああ、ああっ、佳純さんだっ。佳純さんが好きだっ」

と、新崎が叫び、佳純がはっとした顔を新崎に向けた。

「あら、いきなり告白とは、驚いたわ」

しごく手を止め、千鶴がそう言う。

「えっ……」

「今、佳純さんが好きだと言ったでしょう」

「えっ、そ、それは……」

「違うのかしら」

「いや、それは……」

新崎は狼狽えている。

「旦那も男でしょう。佳純の生娘の花は俺が散らしたいって、言いなさいっ」

と、千鶴が言う。

佳純が驚きの目を向けている。

「そんな……勝手なことは……言えない……佳純さんには、散らしてもらいたい相手がいるだろうし……」

と、新崎が言う。

なるほど。こういう男だから、佳純とまだやっていないのか。純なのはよいが、果たして町方に向いているのか。

「佳純、あなた、散らしてもらいたい相手がいるのかしら」

千鶴が佳純に聞く。

佳純は天を見つめたまま、黙っている。

「どうかしら」

「いません……」

と、佳純が答え、新崎が泣きそうな顔になる。

「あら、振られたわね。旦那、あなたおなご知らずでしょう」

「い、いや……違う……」

「うそばっかり。佳純で男になりたかったんでしょう」

千鶴がそう言い、佳純が新崎を見つめる。

「新崎様……そうなのですか」

「私はおなご知らずではないぞ……もう充分、おなごは知っている」

と、新崎が言う。

「じゃあ、ここで、私とまぐわってもいいですよね」

と言うなり、千鶴が腰巻を取っていった。

恥部があらわれ、新崎が目を見張る。

「な、なにをしている」

「私、旦那のことが気に入ったんですよ。旦那も佳純といっしょに、ここで飼うことにしました。いいでしょう、お頭」

「いいぞ」

と、色右衛門はうなずく。

「か、飼うとは……なんだ……」

「ずっといっしょに暮らすんですよ、旦那」

そう言うと、千鶴がうしろ手縛りの新崎を押し倒した。魔羅は天を衝いたままだ。

千鶴が白い太腿で、新崎の股間を跨《また》ぐ。そして、魔羅を逆手でつかんだ。

「これから、仲よくしましょう、旦那」

と言うと、腰を下げていく。入口が鎌首に迫る。

「待てっ、待つのだっ」

と、新崎が叫ぶ。

「あら、どうしたのかしら、たくさんおなごを知っているのなら、ひとり増えてもたいしたことないでしょう」

と言って、割れ目を鎌首にこすりつけていく。

「待てっ。おなご知らずなのだっ。わしは佳純さんで男になりたいのだっ」

と、新崎がおなご知らずを白状した。

「し、新崎様……」

佳純が驚きの目を向ける。

「あら、やっぱりそうなのね。じゃあ、佳純の乳に顔を埋めたいかしら」

と、千鶴が聞く。

「えっ……」

「こうやって、埋めたいわよね」

と、新崎を跨いだまま前に移動して、再び乳房を新崎の顔に押しつけていく。

「う、ううっ……」

新崎がうめく。

千鶴が乳房を引きあげた。そして新崎の髷をつかむと、ぐっと引きあげる。

「立ちなさい」

と言われ、新崎が立ちあがる。太腿が痛むのか、顔をしかめる。

「痛むのでしょう。寝ていてください、新崎様」

「乳に顔を埋められるのよ、寝ている場合ではないわよね、旦那」

そう言って、千鶴が新崎の背中を押す。

「う、うう……」

新崎は痛みに顔を歪《ゆが》めながらも、佳純のそばに寄っていく。

「佳純さん……」

磔にされている佳純を見下ろす。

「ほら、乳に顔を埋めなさいっ」

と、千鶴が新崎の背中を強く押した。すると、

「痛い……」

とうめき、よろめくと、押されるまま新崎が佳純の裸体に向かって倒れていった。

「あっ……」

新崎の顔面が、まともに佳純の乳房に埋まった。

「う、ううっ」

新崎があわてて、顔を上げようとする。

「ほら、押しつけなさいよ」

と、千鶴が後頭部を押す。

「うぐ、うぐぐ……」

新崎がうめく。佳純は頰を赤らめている。はじめて恥じらいの仕草を見せた。

新崎は殺さないほうがいい。千鶴が言うとおり、飼うのがおもしろそうだ。

千鶴はおもちゃができて楽しそうだ。いきいきとしている。こういうのが性分に合っているのか。

新崎が顔を起こした。

「すまぬっ、佳純さんっ。このようなこと、するつもりは……う、ううっ」

なかった、と言う前に、またも千鶴に後頭部を押さえつけられ、佳純の乳房に顔面を押しつける。

「新崎様……もっと……顔を……乳に……押しつけて……ください」

と、佳純が言い、はっとして新崎が顔を起こした。

「私の乳に……顔を埋めることで……傷の痛みがやわらぐのなら……どうぞ、思う存分、乳を……味わってください」

頬を真っ赤にさせて、佳純がそう言う。

「か、佳純さん……」

「あら、なんて優しいのかしら。ますます佳純に惚れるわよね、旦那」

千鶴がそう言う。

「ほら、乳首、舐《な》めてあげなさい。ちょっと勃ってきたでしょう。旦那に顔を埋められて、感じているのよ」

「そ、そうなのか……」

「知りません……」

と、佳純が美貌《びぼう》を横に向ける。

「あら、野暮天ね。感じているかなんて聞かれたら、恥ずかしいでしょう。佳純は生娘なんだから。私には聞いていいわよ」

と言うと、新崎の髷をつかみ、千鶴が自分の乳房に顔を押しつける。

「う、うぐっ……」

新崎が抗《あらが》う。佳純の乳がいいのだろう。

「あら、さっきはうれしそうにしていたのに、なんて旦那なの」

千鶴が乳房をさらに強く押しつける。

「新崎様……私の乳に……私の乳で、傷の痛みを……癒《いや》してください」

と、佳純が誘う。

「うぐ、うぐっ」

新崎は千鶴の乳房から顔を引こうとするのだが、千鶴の力が強く、なかなか顔を引けずにいる。

色右衛門は佳純を見る。千鶴の乳房に顔を埋めている新崎を、じっと見つめている。そこに悋気《りんき》の光を見た。

さっき、新崎に顔を埋められて、乳房で感じたのだろうか。乳首がさきほどよりしこりはじめている。

やっと新崎が千鶴の乳房から顔を引いた。そしてすぐに、佳純さんっ、と名を呼び、自らお椀形《わんがた》の美麗なふくらみに顔を埋めていく。

「あっ、ああ……新崎様……」

「乳首を吸ってやれ、新崎」

と、色右衛門が指南する。新崎は言われるまま佳純の乳首を口に含むと、じゅるっと吸いはじめる。すると、

「ああっ、あんっ……やんっ……」

と、佳純がかなり敏感な反応を見せた。

「あら、乳首、弱いのね、佳純。それとも好きな旦那に吸われているから、感じるのかしら」

千鶴が乳首を吸われ、喘《あえ》いでいる佳純の頬を撫でる。

佳純は千鶴をにらむが、さきほどまでの力強さがない。どこか、すがるような眼差《まなざ》しになっている。

その目に、色右衛門はぐっと来る。

しゃぶらせたくなり、色右衛門も近寄る。

「どけっ」

と、乳房にしゃぶりつく新崎の髷をつかんで背後に引っぱると、佳純の胸もとを跨いだ。そして、ずっと勃起させたままの魔羅を、佳純の唇に突きつけていく。

「なにをするっ」

と、新崎が色右衛門にぶつかろうとする。色右衛門はうしろを向きざま、新崎のあごを殴る。

うしろ手縛りで無防備なあごを殴られ、足に力が入らないこともあり、新崎が吹っ飛んだ。

「新崎様っ、大丈夫ですかっ」

「うう……」

新崎は背後でうめている。

「ほら、もう忘れたのか。魔羅を突きつけられたら、おなごは必ず挨拶《あいさつ》するんだ、佳純」

押し込みのとき、教えたことをもう一度言う。

佳純は色右衛門をにらみあげる。が、やはり力がない。

「ほら、挨拶だ。これから、世話になる魔羅だぞ」

世話になる、と言われ、佳純の美貌が強張《こわば》る。

「どうした、佳純。俺の魔羅でおなごになるんだぞ」

「そ、それは……」

「越前屋では、生娘の花を散らしてと叫んでいたじゃないか」

「あのときは……でも、今は……」

「新崎に散らされたくなったんだろう」

鎌首で優美な頬を突きつつ、色右衛門がそう問う。すると、

「佳純さんっ」

と、新崎が名を叫ぶ。

「ほら、挨拶だ」

「できません……」

と、佳純が美貌を横に向ける。

「じゃあ、さっそく散らすぞ」

と、色右衛門は佳純の下半身に腰を下げていく。

「だめだっ」

新崎が立ちあがろうとするが、足が痛むのか、立ちあがれない。どうにか立ちあがろうとすると、千鶴が胸を押して倒す。

そんななか、魔羅の先端が佳純の割れ目に向けられる。

「待ってください。魔羅に……ご挨拶させてくださいっ」

と、佳純が叫んだ。

三

色右衛門は割れ目から魔羅を引きあげ、再び胸もとまで進める。そして、唇へと鎌首を寄せていく。

牡《おす》の性臭を感じたのか、佳純が美貌をそらす。今は、いやがっているが、しゃぶっているうちに、性臭がたまらなくなってくるはずだ。

「さあ、挨拶だ、佳純」

「ご、ご挨拶……させて、いただきます……し、色右衛門さ……様……」

「佳純さんっ、だめだっ、盗賊の頭なんかに、口で挨拶してはだめだっ」

と、新崎が叫ぶ。

「もう、すでに一度、押し込みのときに挨拶させているんだぞ、新崎」

と、色右衛門が言う。

「そうなのかっ、佳純さんっ」

新崎が悲痛な声をあげる。

「もう、挨拶しています……ごめんなさい、新崎様」

と、佳純があなたがはじめてではなくて、と謝る。それを聞いて、

「佳純さんっ」

と、新崎がさらに悲痛な叫びをあげる。

そんななか、佳純が鎌首にくちづける。

「ああ、やめろっ。やめるんだっ」

新崎は一瞬視線をそらしたが、すぐに視線を佳純の美貌に戻す。

佳純はちゅっちゅっと鎌首にくちづける。

そして舌を出すと、ぺろりと舐めた。

「うまいか」

と、色右衛門が聞く。

佳純が黙っていると、

「散らされたいか」

と、色右衛門が言う。

「お、おいしいです……色右衛門様の魔羅は……ああ、とてもおいしいです」

と、か細い声で答える。

新崎は泣きそうな顔をしている。それでいて、佳純の横顔から視線をそらさない。

「ああ、佳純のこんな姿……ご覧にならないでください……新崎様」

新崎の視線を痛いくらいに感じるのか、佳純がそう言う。

「見ないよ……見ないから……」

と言いつつも、新崎の視線は佳純から離れない。

佳純が裏すじに舌腹を押しつける。

「いいぞ、佳純。よく覚えていたな」

押し込みのとき、教えたところだ。

佳純はそのまま裏すじを舐めつづける。

「ああ、たまらん……」

鈴口から我慢汁が出てくる。こんなにはやく出てくることはめったにない。

やはりおなごが違うと、感じかたも変わる。

千鶴をちらりと見ると、佳純を鋭い目でにらみつけている。佳純に取られそうな気がするのだろう。千鶴には気をつけておかないといけない。

佳純が唇を開いた。鎌首を咥《くわ》えてくる。先端が佳純の口の粘膜に包まれる。

「ああ……」

思わず、色右衛門はうめく。

そのまま、色右衛門は突いていく。

「う、うぐ、うう……」

佳純の口にどんどん魔羅が吸いこまれていく。

佳純は苦悶の表情を浮かべつつも、色右衛門の魔羅を口で受け入れていく。

色右衛門は佳純の奥まで中に入れた。

「吸え」

そう命じると、佳純は言われるまま、喉まで入っている魔羅を吸いはじめる。

優美な線を描く頬が、ぐっとへこみ、ふくらみ、またへこむ。

たまらず、色右衛門は腰を動かす。ずぶずぶと佳純の口を犯していく。

「ああ、やめろ……」

新崎が叫ぶ。

「新崎に、佳純の女陰《ほと》の匂いを嗅《か》がせてやれ。弥平たちが狂った匂いが出ているだろう」

と、千鶴に命じる。色右衛門が自身でやってもよいが、佳純の口の中が気持ちよく、魔羅を抜きたくない。

千鶴が新崎の髷をつかみ、ぐっと引き起こす。

「ほら、佳純の女陰に顔を寄せなさい」

と、千鶴が引っぱるが、いやだ、と新崎が腰を引く。

「見たいくせして、なにを我慢しているの、旦那」

「見たくない……」

「うそばっかり」

「割れ目を開いて見せてやれ」

と、色右衛門が命じると、千鶴が髷から手を放し、佳純の割れ目に手を伸ばしていく。

「う、ううっ」

佳純がうめく。やめてと叫んでいるのだろう。すがるような目を、口を塞《ふさ》いでいる色右衛門に向けている。

その目がたまらない。佳純の口の中で、ひとまわり太くなる。

「うぐ……うう……」

佳純がうめく。

そんななか、千鶴が佳純の割れ目を開いた。

佳純の花びらがあらわれると、新崎がすぐさま、

「おうっ」

となった。

さっきまで動きが鈍かった足をすばやく動かし、佳純の股間に寄っていく。

「こ、これは……これが女陰なのか」

「あら、はじめて女陰を見るのね、旦那」

もう、新崎は否定しない。食い入るように、思い人の花びらを見ている。

「きれいだ。ああ、なんてきれいなんだ」

「女陰はみんな、こんなにきれいなものじゃないのよ。はじめて見るものがこれでは、ほかの女陰は見られないわね」

「あ、ああ……佳純さん……きれいだ……きれいだ……」

「う、うぐ……うう……」

佳純がさらにうめく。新崎に花びらを見られて恥じらっている佳純を見て、さらに太くなったのだ。これ以上ないくらい、色右衛門の魔羅は佳純の口の中でたくましく張っていた。

「もっと顔を寄せて、匂いを嗅いでごらんなさい、旦那」

割れ目を開いたまま、千鶴がそう言う。

新崎は拒《こば》まなかった。佳純の花びらの匂いを嗅ぐ誘惑には勝てなかったようだ。

まあ、あの花びらを前にしては、悟りを開いた高僧でも、匂いを嗅ぎたくなるだろう。

新崎が顔を寄せていく。

「う、うぐぐっ、ううっ」

佳純がうめく。色右衛門の魔羅で喉まで塞がれたままだ。

「あ、ああっ、これは……ああ、これはっ」

と叫ぶなり、新崎が佳純の花びらに顔面を埋めていった。くんくんと嗅いでいる。

「うう、ううっ」

佳純が叫ぶ。声を聞きたくなって、色右衛門は魔羅を抜いた。どろりと大量の唾《つば》が出てくる。

「おやめくださいっ、新崎様っ。そのようなところの匂いなど……ああ、嗅がないでくださいっ……」

佳純が叫ぶが、新崎はさらにぐりぐりと顔面を女陰に押しつけている。

「新崎様……ああ……恥ずかしいですっ」

ようやく、新崎が女陰から顔を上げた。が、それは深呼吸をするためだった。

ふうっと息継ぎをするなり、すぐさま顔を埋めていく。

「ああっ、新崎様っ……なりませんっ」

佳純は鎖骨《さこつ》まで真っ赤にさせている。磔にされた裸体全体で恥じらっている。

そんな佳純を見て、色右衛門は昂《たかぶ》る。入れたくなる。生娘の花を、新崎の前で散らしたくなる。恐らく、このうえない快感であろう。

が、ぎりぎり我慢する。佳純は生娘のまま、おなごとして熟れさせるのだ。そうすれば、ただでさえ男を狂わせる女陰の匂いがさらに極上になることは間違いない。

江戸留守居役どころか、大名まで落とすことができよう。

新崎が女陰から顔を上げた。顔面が蜜まみれとなっている。

「あら」

と言って、千鶴が顔を寄せていく。口のまわりについた佳純の蜜をぺろりと舐めていく。

すると、新崎のほうから千鶴の唇におのが口を押しつけていった。

「新崎様……」

目の前で千鶴と口吸いをはじめた新崎を見て、佳純が目をまるくさせる。

千鶴が唇を開くと、新崎はすぐさま舌を入れていく。そして、千鶴の舌を貪《むさぼ》る。

「うんっ、うっんっ、うんっ」

新崎は佳純の女陰の匂いを嗅いで、獣となっている。弥平や四郎と同じだ。

「新崎様っ、おやめくださいっ」

と、佳純が叫び、はっと我に返ったように、新崎が千鶴の唇から口を引いた。

「あっ、わしはなんてことを……いや、これは、間違いだっ。佳純さん、間違いだっ」

と、新崎が狼狽える。

「はじめての口吸いの相手に選ばれて、千鶴、幸せです」

と、千鶴が言う。頬まで赤らめている。なんておなごだ。

「違うのだっ。これは違うのだっ」

新崎は狼狽えている。

「佳純とも口吸いをするか、新崎」

と、色右衛門が聞く。

「えっ……」

「佳純と口吸いをしたいだろう。それとも、魔羅を口に入れるか」

「ま、魔羅を……口に……そのようなことなど……できるわけがない」

と言って、新崎は激しくかぶりを振る。

「新崎様……佳純にご挨拶させてください」

と、佳純が言い出した。

「えっ、佳純さん……今、なんて……」

「新崎様の魔羅に……佳純にご挨拶を……させてください」

鎖骨まで真っ赤にさせたまま、佳純がそう言う。

それを聞いて、ずっと勃起させたままの魔羅がひくひくと動く。先端には大量の我慢汁が出ている。真っ白だ。

「佳純を跨ぐのだ」

と言い、色右衛門は新崎に譲る。

すると、新崎が立ちあがった。太腿が痛むのか、苦悶の表情を浮かべる。顔はあぶら汗まみれだ。

が、そんな状態でありながら、新崎は自らの意志で足を前に進める。

「すごいな。そんなに佳純にしゃぶられたいか、新崎」

さらにあぶら汗をかきつつ、痛みに耐えつつ、佳純の躰《からだ》を跨ぎ、胸もとへと進んでいく。

そんな新崎を佳純はじっと見つめている。寝た状態で見あげているから、魔羅が迫る感じだろう。勃起してひくつかせている魔羅だ。磔にされている佳純を見て、勃起させている魔羅だ。しかも、我慢汁まで大量に出している。

そんな魔羅を、佳純はじっと見つめている。

四

魔羅が佳純の口もとに迫る。

「すまない、佳純さん……でも、どうしても……」

「よいのです。ご挨拶させてください。私のために、足、大丈夫ですか」

「大丈夫だ。痛みだけで、たいした傷ではない」

そう言っている間にも、あらたな我慢汁が出てくる。

「新崎様の魔羅に……ご挨拶します」

と言うと、佳純が瞳を閉じ、唇を差し伸べてきた。

が、ぎりぎりのところで届かない。色右衛門が新崎の腰をつかみ、引いたのだ。

「なにをするっ、色右衛門っ」

と、佳純が叫ぶ。

「舐めたいのか、佳純」

「舐めたい……舐めさせてください、色右衛門様」

と、佳純が言う。桃色の舌を大きくのぞかせたままだ。

「佳純さん……」

新崎は泣きそうな顔になっている。

色右衛門が腰から手を放した。すると鎌首がにゅうっと前に出て、佳純の舌に触れた。

佳純はそのまま我慢汁を舐めはじめる。

「あっ、佳純さんっ……ならんっ、このようなことは……ああ、やっぱりならんっ……捕らえられている佳純さんに……このようなこと……ああ、させてはならんっ」

ならんと言いつつも、新崎は腰を引かない。それどころか、さらに突き出していく。

すると、佳純が唇を大きく開き、ぱくっと先端を咥えた。新崎の魔羅が佳純の口に包まれる。すると、

「おうっ、おうっ、たまらんっ。出るっ」

と叫ぶなり、新崎が腰を痙攣《けいれん》させた。

「う、うぐ……うう……」

佳純の美貌が強張った。出したのだ。先端を咥えられただけで、そく暴発させたのだ。

「おう、おうっ」

新崎は吠《ほ》えつつ、腰を痙攣させつづける。

「うぐ、うう……うぐ……うう……」

佳純は新崎の飛沫《しぶき》を喉で受けつづける。

なかなか脈動が鎮《しず》まらない。

「すごい……たくさん、出ている」

千鶴があきれたような顔で見ている。

ようやく、脈動が鎮まった。それで我に返った新崎が、

「ああ、すまないっ、ああ、佳純さんっ、すまないっ」

と言って、魔羅を唇から引こうとした。が、佳純は喉に大量の精汁をためたまま、鎌首を強く吸っている。

「ああっ、そんなに吸われたらっ」

出した直後の魔羅を吸われ、新崎があらたに腰を震わせる。

「うう、うう……」

佳純は咥えたまま、放さない。

すると萎《な》える暇もなく、あらたな力を帯びてくる。

はたから見ていても、口に入れたまま魔羅がたくましくなってくるのがわかる。

「すごい……抜かずの二発ができるかも……」

千鶴が感嘆の声をあげる。

「そうだな……できるな」

女陰の抜かずの二発はあるが、口での抜かずの二発は聞いたこともやったこともない。

「う、うう……」

咥えたまま、佳純が新崎を見あげ、目で促す。

新崎が困惑していると、

「突いてと言っているのよ、旦那」

と、千鶴が言う。

「いや、もう……」

「突くのよ、旦那」

と、千鶴が叫び、新崎がそのまま腰をせり出す。

「うう、うぐぐ……」

咥えたままの唇の端から、精汁がにじみ出る。

それを見て昂ったのか、新崎がずぶずぶと佳純の口を犯していく。

「う、ううっ、うぐぐ……うう……」

佳純はそれをしっかりと受け止める。一発目の精汁はまだ飲んでいない。喉が動いていないのだ。

一発目の大量の精汁をためたまま、魔羅で突かれてうめいている。

佳純には被虐の血が流れているのだろうか。もしかして、このような状況に、躰が反応しているのではないのか。

色右衛門は佳純の下半身にまわり、割れ目を開いた。

すると、ふわっと甘い薫《かお》りが立ちのぼった。それは桃色に色づいているように感じた。

匂いを嗅いだ刹那《せつな》、色右衛門は入れたくなった。新崎が佳純の口を塞いでいる背後で、股間に魔羅を向けていく。

「お頭……いいのですか」

と、千鶴が案じるように聞いた。その声に、新崎が振り向いた。

「なにをするっ。ならんっ、ならんぞっ」

と、佳純の口から魔羅を抜き、割れ目に鎌首を当てようとしている色右衛門に向かってくる。

それで、色右衛門は我に返った。

なんてことだ。また、生娘の花を散らそうとした。しかし、これはすごい。江戸留守居役を落とすのはたやすいだろう。諸藩のお宝を盗めるようになるかもしれない。

色右衛門は割れ目から魔羅を引いた。あっさりと引いたのを見て、新崎は驚く。

「どうした。散らしてはだめなのだろう」

「そうだが……」

どうして散らさないのか、という目で見ている。

色右衛門は新崎に近寄ると、髷をつかみ、ぐっと引いた。うしろ手縛りの新崎は引かれるまま、佳純の股間に向かって倒れた。

そのまま、割れ目に顔を押しつけた。色右衛門は髷を引きあげ、少しだけ浮かすと、すでに閉じている割れ目を開いた。

桃色に発情した蠱惑《こわく》の薫りが、新崎の顔面を直撃する。

「ううっ、ううっ」

新崎はそのまま女陰に顔を押しつけると、腰を震わせた。

「あら、出しているわ」

と、千鶴があきれた声をあげる。

新崎は佳純の女陰に顔を埋めたまま、乳房に向かって二発目を放っていた。

それを見ながら、佳純がごくんと精汁を嚥下《えんか》した。

「飲んだのか、佳純」

と、色右衛門が聞くと、佳純はうなずき、

「おいしかったです、新崎様」

甘くかすれた声でそう言った。

五

「あ、ああ……ああ……いや……いや……あ、あんっ」

座敷に佳純の喘ぎ声がずっと流れている。

大の字に磔にされたままの佳純の股間に、色右衛門が顔面を埋め、ずっとおさねを舐めている。

白い肌は汗ばみ、檻《おり》の中に入れられた真之介の鼻孔まで汗の匂いが届いている。

それはなんとも股間に来る魅惑の匂いであった。

「はあっ、あんっ、やんっ、あんっ」

佳純の喘ぎ声はたまらない。

二発出した真之介の魔羅はすでに勃起していた。

真之介は裸に剝《む》かれ、檻に入れられていた。縄は解《ほど》かれ、両手は自由である。

檻の中に押しこむとはいえ、どうして両手を自由にさせたのかわからなかったが、今はわかる。

勃起した魔羅をしごきたいのなら、しごいてよい、ということだ。

檻は大きな獣を入れるためのもので、かなり頑丈に作られていた。鉄格子越しに、佳純の喘ぐ姿が見える。

足の痛みは続いていたが、佳純の喘ぐ姿を見ていると、それも忘れられた。

「あ、ああ……あああっ……」

佳純の裸体が突っぱっていく。気をやるのか。

千鶴が乳房に手を伸ばした。美麗なお椀形に五本の指を食いこませていく。

おなごの手で形を変える佳純の乳房がまたそそった。乳首はつんととがっていている。

かなり感じている。真《まこと》に生娘なのだろうか。いや、それは間違いない。あの花びらはまったく穢《けが》れを知らなかった。はじめて女陰を見たが、例えようもないくらい美しかった。

あそこが精汁で汚されたことなど、万がひとつもないだろう。

「あ、ああっ、もう、おやめください……ああ、佳純……ああ、恥をかいてしまいますっ」

「気をやるのね、佳純」

そう聞くと、千鶴が乳首を摘《つ》まんだ。強めにころがす。

「ああっ、なりませんっ……ああ、おさねといっしょはなりませんっ」

佳純の声がにわかに裏返る。

真之介は息を呑《の》んで佳純の恥態を見つめている。

おさねと乳首をいっしょに愛撫《あいぶ》すれば、佳純は喜ぶのか。

「あ、ああっ……い、いくっ」

佳純がいまわの声をあげた。大の字の裸体を激しく震わせる。と同時に、どっとあぶら汗を噴き出した。汗の甘い匂いが、檻の中まで漂ってくる。

真之介は佳純のいき顔を見ながら、あらたな我慢汁を出していた。魔羅がひくひく動いている。

佳純は気をやったが、色右衛門はまったく股間から顔を引かない。しつこいくらいにおさねを舐めつづけている。

千鶴も佳純の乳房に顔を埋め、乳首を吸いはじめた。もう片方の乳首は指でころがしている。三所《みところ》責めだ。

「あ、ああっ、だめだめ……なりませんっ……ああ、三ついっしょなんてっ、ああ、なりませんっ」

磔にされている佳純の裸体がひくひく動く。かなり感じている。

佳純の感じる顔は、あまりにもそそった。顔を見ているだけでも、暴発しそうになる。

今も、魔羅をしごきたくてたまらない。鬼蜘蛛に責められながらよがる佳純を見ながら、檻の中でしごくなんて、武士として最低の行為だ。いや、武士ではなくても、ひとりの男として最低だろう。

が、その最低なことをやりたくてたまらない。

最低だからこそ、やりたい。きっとこのうえなく気持ちがよいだろう。もしかしたら、しごいてすぐに出すかもしれない。

それを、佳純が軽蔑《けいべつ》の目で見るだろう。すでに軽蔑されてもおかしくない恥態をさらしている。

佳純の女陰に顔を押しつけ、匂いを嗅ぎながら、乳房に射精させたのだ、まったく触られることなく。

これ以上、軽蔑されることがあるかと思ったが、ここでしごけば、もっと軽蔑されるだろう。

「あ、ああっ、だめだめ……ああ、また、また気をやりそうです……ああ、新崎様……佳純を見ないでください……このような……ああ、恥さらしの佳純を……ああ、ご覧にならないでくださいませっ」

「佳純さん……恥さらしではないぞ……わしこそ、恥さらしだ」

「ああ、ああっ、いいえっ、佳純こそ、恥さらしですっ」

「いや、わしこそ恥さらしだ」

「あ、ああっ、もうだめ……見ないでっ、あ、あっ、恥さらしの佳純を見ないでくださいい……あ、ああっ、い、いくっ……」

またも、佳純が真之介が見ている前で気をやった。

ようやく、色右衛門が佳純の恥部から顔を上げた。口のまわりは蜜だらけだ。

「あら、お頭」

と、千鶴が寄って、色右衛門についた蜜を舐め取ろうとする。

すると色右衛門は千鶴を払い、佳純にのしかかっていく。まさか、やるのか、と案じたが、それはなかった。

今のところ色右衛門は佳純の生娘の花を散らす気はないと、真之介は見ている。散らす気があるのなら、もう散らしている。今も、おさねを舐めないで、魔羅で女陰を突いてよがらせていただろう。

なぜ、生娘の花を散らさないのか。真之介は理解できた。それは、発情した佳純の女陰の匂いをじかに嗅いだからだ。

嗅いだとたん、射精させるような匂いなのだ。あれは、生娘だからだろう。生娘だとはいっても、佳純は大人のおなごだ。でも、穢れを知らない。そんな躰だから、あの男を狂わせる匂いを出せるのだろう。

生娘の花を散らすことで、その匂いが出せなくなるのを、色右衛門は恐れているのではないか。ということは、佳純を手下として使う気か。

色右衛門が蜜まみれの口もとを、佳純の唇の前に差し出していく。

するると、色右衛門が舐めろと命じる前に、佳純から舌を差し伸べた。

「佳純さん……なにを……している……」

勃起させた魔羅の先端から我慢汁を出しつつも、真之介は非難めいた声をあげる。

佳純はぺろぺろと、口のまわりについたおのが蜜を舐めていく。

「やめろ……やめるんだっ」

真之介が叫ぶなか、佳純は蜜を舐めつづける。その舌先が色右衛門の口に触れた。色右衛門が口を開き、舌を出した。

あっ、と思ったときには、佳純と色右衛門の舌がからんでいた。

佳純はすぐさま舌を引くと思った。が、違っていた。舌を引くどころか、熱い息を吐きつつ、佳純のほうから舌をからませていったのだ。

「うんっ、うっんっ」

ねちょねちょと舌をからめ合っている。

その佳純の横顔に、真之介は痺《しび》れる。魔羅のひくつきが止まらなくなっている。大量の我慢汁が出てくる。

しごきたい。佳純が鬼蜘蛛の頭と舌をからめているのを見ながら、思いっきりしごきたい。それをぎりぎりの理性で我慢する。

「うんっ」

佳純のほうから、色右衛門の口に唇を押しつけていった。

からむ舌は見えなくなったが、優美な頰がへこむのがわかる。舌を吸われているのか。

「うんっ、うっんっ、うんっ」

佳純の横顔がさらにそそるものになってくる。

気がついたときには、真之介は魔羅をつかんでいた。そして、しごきはじめていた。

「うんっ、うっんっ、うんっ」

佳純と色右衛門の濃厚な口吸いが続いている。

「やめろ、佳純さん……やめるのだ」

真之介は千鶴を見た。驚いた。射るような目で、色右衛門と口吸いをする佳純をにらみつけているのだ。

殺されるのでは……と真之介は恐れた。

色右衛門は佳純を手下にする気でいるのだろうが、佳純が手下になったら、千鶴は用なしとなってしまうかもしれない。お頭を佳純に取られると恐れているのではないか。

色右衛門が腰を動かしているのに気づいた。

佳純と口吸いをしながら、勃起させたままの魔羅の先端で、佳純の割れ目をなぞっているのだ。すでに真之介同様、大量の我慢汁を出している。佳純の割れ目が我慢汁まみれとなっている。

「色右衛門、なにしているっ。やめないかっ。佳純さんを穢すなっ」

と、真之介が叫ぶ。色右衛門は構わず、腰を動かしつづけている。

「やめろっ」

真之介が叫ぶなか、色右衛門が射精させた。下半身をひくひくさせる。

「入れてっ、入れてくださいっ。佳純の花を散らしてっ」

と、千鶴が叫ぶ。

色右衛門は入れることはせず、鎌首で割れ目をなぞりつづけた。入れられる穴がそばにあるのに、入れずに外に出す。

かなりの精神力だ。

色右衛門が佳純の唇から口を離す。唾が糸を引き、それをじゅるっと吸った。

「入れそうになったぞ」

と、色右衛門が言い、

「千鶴、きれいにしてやれ」

と命じる。千鶴は、はい、とうなずき、佳純の恥部に顔を寄せていく。そして、割れ目を白く汚している色右衛門の精汁をていねいに舐め取っていく。

そんな舌の動きに感じるのか、佳純がはあっと火の息を洩《も》らす。

生娘ではあるが、どんどん淫《みだ》らな躰になっている。

はやく佳純を助けなければ。

「新崎、出さなかったか」

と、色右衛門に言われ、真之介は魔羅を握ったままでいることに気づき、あわてて手を引いた。

「あんっ」

と、佳純が甘い声を洩らした。割れ目を舐めていた千鶴の舌先が、おさねに触れたのだ。

千鶴はそのままおさねを舐めていく。

「あっ、ああ……はあっんんっ、やんっ……」

佳純の甘い喘ぎが座敷に流れる。

千鶴におさねを舐められて喘ぐ佳純を見ていると、またも、しごきたくなる。

「いいぞ、新崎、しごけ」

と、色右衛門が言う。

「しごくわけがない……すぐに、佳純さんを放せっ」

と叫ぶが、虚《むな》しく響くだけだ。

そんななか、

「はあっ、あんっ、やんっ」

と、佳純の喘ぎ声だけが流れている。

「ああ、もう勃ったぞ。穴に入れたいな」

そう言うと、四つん這《ば》いで佳純の股間に顔を埋めている千鶴の背後に色右衛門がしゃがんだ。

むちっと実った尻たぼをつかむと、ぐっと開き、ずぶりとうしろから突き刺していった。

「ああっ、いいっ」

一撃で、千鶴が歓喜の声をあげる。

「おう、女陰はいいな」

そう言って、色右衛門はずぶずぶと千鶴をうしろ取りで突いていく。

「いい、いいっ……お頭っ、魔羅、いいのっ」

突かれるたびに、千鶴が喜びの声をあげる。

「佳純を舐めないか、千鶴」

ぱしっと尻たぼを張る。

「あんっ……」

と、甘い声をあげて、千鶴が四つん這いの裸体を震わせる。あぶらの乗りきった絖白《ぬめじろ》い裸体はかなりそそる。

佳純の裸体が素晴らしくて、並ぶと見劣りするが、千鶴だけを見れば、極上の躰だ。

「ほらっ、舐めろ」

さらにぱんぱんっと尻たぼを張る。

「あんっ、やんっ」

と、千鶴が反応する。そして佳純の股間に顔を埋め、おさねを吸っていく。

「はあっんっ、やんっ」

と、佳純も甘い声をあげる。

佳純の裸体から出ている汗の匂いに、千鶴の絖肌から出る汗の匂いが混じっていく。それが、檻の中の真之介の鼻孔を包む。

見ているだけで、我慢汁がどろりと大量に出てくる。

「あんっ、やんっ、あんっ」

佳純が大の字に磔にされている裸体をくねらせている。

千鶴はずぼずぼと出入りしている双臀《そうでん》をうねらせている。

ああ、もう我慢できぬっ、と真之介は魔羅をつかみ、しごきはじめる。すると、すぐに出そうになる。

女陰を突きまくっている色右衛門より先に、射精させるわけにはいかない。こちらはしごいているだけなのだ。

「おう、いいぞ。もっと締めろ、千鶴」

「はい、お頭」

「おう、たまらん。安心しろ、佳純がいても、おまえを捨てたりしない。おまえの躰は俺が作りあげたものだ。いわば、俺の作品だ。手放すわけがないだろう」

「お頭っ」

千鶴が首をねじって振り向く。

色右衛門は千鶴の髷をつかむと、ぐっと引きよせ、半開きの唇を奪う。

「う、うんっ、うっんっ」

千鶴がうっとりとした横顔を見せて、色右衛門と口吸いをする。

その横顔のあまりの妖《あや》しさに、真之介は思わず出しそうになる。佳純がいるのに、千鶴で出したら、さらに最低な男になってしまう。

「佳純をいかせてみろ」

口を引き、色右衛門がそう命じる。千鶴は再び、佳純の恥部に顔を埋め、おさねを口に含み、吸っていく。

「はあっ、あんっ」

佳純が甘い声をあげる。その横顔はうっとりとしている。

知らない佳純の顔を見せつけられつづけている。佳純に惚れ、佳純でおとこになりたいと願ってきたが、そもそも佳純がわしなんかを相手にしてくれるのだろうか。

色右衛門が抜き差しを再開する。ずぼずぼと突きまくる。

「ああっ、いい、いいっ」

おさねから顔を上げて、千鶴がよがる。

「佳純をいかせろ。ともに気をやるのだ、千鶴」

「はいっ、お頭……お頭も……千鶴と佳純といっしょに……いってください」

「そうだな。新崎もともにいくか」

千鶴を突きつつ、色右衛門が聞いている。

「わしはいかぬ……」

真之介はあわてて魔羅から手を放す。

「佳純、おまえからも、新崎を誘うのだ」

と、色右衛門が言う。佳純はそのようなこと断ると思ったが、違っていた。

「あ、ああっ、新崎様も……佳純といっしょに……いってください」

「佳純さん……」

「ああ、おねがい……」

佳純がすがるような目を向けている。その目で見つめられただけで、真之介は暴発しそうになった。

「ああ、ああっ、千鶴……ああ、気を……やりそうです」

「おまえだけ勝手にいくことはゆるさぬぞ、千鶴。俺を女陰で、佳純を舌でいかせるのだ」

「はいっ、お頭っ」

千鶴が佳純の股間に顔を埋め、おさねを吸っていく。

「ああ、ああっ、佳純も……ああ、また、恥をかきそうです……ああ、新崎様、いかがですか……ああ、ともに恥をかいて……ああ、くださいますかっ」

佳純が妖しく潤《うる》んだ瞳を向けてくる。

「ともに恥をかこうぞ、佳純さん」

と言うと、真之介は魔羅をつかんだ。ゆっくりとしごきはじめる。真之介もすぐにいきそうなのだ。

「お頭っ、いかがですかっ」

「締めつけが足りんぞっ」

「こうですかっ、お頭っ」

色右衛門だけがいきそうになく、女陰で相手をしている千鶴が泣きそうになる。

「まだ足りんっ」

色右衛門がぱんぱんっと千鶴の尻たぼを張った。すると千鶴が、いくっ、と叫んだ。四つん這いの裸体をがくがくと震わせ、佳純のおさねを摘まむとぎゅっとひねる。すると佳純も、

「いくっ」

と叫んだ。佳純のいき顔を見て、真之介も射精していた。

色右衛門だけが、まだいっていない。

気をやった余韻から我に返った千鶴が、あわてて双臀をうねらせる。

が、色右衛門が魔羅を抜いた。

千鶴の蜜でぬらぬらの魔羅を、佳純のもとに向けていく。

「申し訳ありませんっ、お頭っ」

「勝手にいきよって。佳純にいかせてもらう」

すがる千鶴を足蹴《あしげ》にすると、色右衛門が蜜まみれの魔羅の先端で、佳純のいき顔をなぞりはじめる。

佳純はいやがることなく、うっとりとした顔で、蜜まみれの色右衛門の魔羅を顔で受けている。

すると、色右衛門が腰を震わせた。

「おうっ」

と、雄叫《おたけ》びをあげると、佳純の美貌に向けて、精汁をぶちまけたのだ。

「なんと……」

勢いよく精汁が噴き出し、まさに佳純の顔を直撃する。

閉じた目蓋《まぶた》、小鼻、唇、顔全体が盗賊の頭の精汁にまみれていく。

「おう、おうっ」

色右衛門は雄叫びをあげつづけ、佳純の美貌を汚しつづける。

いや、汚れているはずなのに、佳純の顔は汚れてはいない。色右衛門の精汁を浴びて、さらに美貌に磨きがかかっている。

汚されることで、美しさが増している。

こんなことがあるのか……。

檻の中から真之介は愕然《がくぜん》と見つめる。と同時に、魔羅をつかみ、しごきはじめていた。ついさっき、三発目を宙に放ったはずだった。が、佳純の美貌に精汁がかかった刹那より、鋼《はがね》の強さを取り戻していた。

ようやく、脈動が鎮まった。佳純の美貌は精汁まみれで、頬やあごから精汁が次々と垂れ落ちている。

「ああ、きれいだ、なんて顔をしているんだ」

色右衛門も真之介と同じことを感じているようだ。

「こんなに男を惑わすおなごはいない。天にふたりといないのではないか」

真之介もそう思った。佳純でおとこになるなど、夢のまた夢のような気がしてくる。精汁を浴びてなお美しい佳純を見て感嘆するも、佳純が遠ざかっていく気がする。

佳純が唇を開いた。どろりと中に精汁が入っていく。

佳純が舌をのぞかせた。そして、鎌首をぺろりと舐める。

「あぁっ、あんっ」

と、色右衛門がおなごのような声をあげ、腰をくねらせた。

佳純は美貌から精汁を垂らしつつ、色右衛門の鎌首を舐めつづける。

なんて顔で舐めているんだ、佳純さん……。

しごく手が止まらない。

色右衛門の鎌首を舌で掃除している佳純を見ながら、真之介は四発目を出しそうになった。

ちらりと千鶴を見ると、射るような目を佳純に向けていた。

第六章　檻《おり》の中

一

多岐川主水は部下の辰見とともに、大川を上っていた。船着場を見つけ、そこに猪牙船《ちょきぶね》があるのを見ると、寄っていった。

そして主水自ら猪牙船に飛び移ると、這《は》いつくばって、船底の匂いを嗅《か》ぎはじめた。

最初それを見たとき、辰見が、

「頭っ、なにをなさっているのですかっ」

と、驚きの声をあげて、私が代わりましょうっ、と言った。

「匂いを嗅いでいるのだ。長月どのの匂いが残っているかもしれぬ。それは、わしにしかわからぬ」

主水は長月佳純と竹刀《しない》を交えていた。もろ肌脱ぎで乳房をあらわにさせた佳純とも竹刀を交えていた。

あのとき、甘い体臭を嗅いできた。それは男の股間を直撃するような匂いだった。その匂いがかすかにでも残っていれば、そこに佳純が乗せられていたことになる。

主水はその残り香に一縷《いちる》の望みを繋《つな》いでいた。

主水は船底から顔を上げ、かぶりを振る。

そして、辰見が棹《さお》を持つ猪牙船に戻った。

「行くぞ」

さらに大川を上りはじめた。

佳純どの、必ず助けるぞ。

千鶴は佳純の顔を、佳純にかけられた色右衛門の精汁を舐《な》めていた。

色右衛門は舐め取ることを千鶴に命じると、座敷から消えていた。厠《かわや》に行ったのか。

千鶴はていねいに、佳純の顔にかかった精汁を舐め取っていく。

「千鶴さん、佳純さんとわしを逃がしてくれぬか」

　と、真之介は言った。

「このままだと、千鶴さんは捨てられるぞ」

　と言うと、千鶴がはっとした表情になり、舌の動きを止めた。

「色右衛門は佳純さんを手下にしたがっている。佳純さんが手下になれば、千鶴さんは用なしとなるだろう」

「なにを言っているのっ。お頭《かしら》が私を捨てるわけがないじゃないのっ。さっき、私の女陰《ほと》を突きながら、私の躰《からだ》はお頭の作品だから、手放すわけがない、とおっしゃったわ」

「新しい作品ができたら、どうなる」

　と、真之介は言う。

「新しい……作品……」

　とつぶやき、千鶴は佳純を見やる。額や目蓋《まぶた》、そして小鼻の精汁は舐め取っていたが、頬《ほお》や唇のまわりにはまだ残っている。

　中途半端な状態だが、顔の上は唾《つば》にまみれ、下に精汁が残った姿は、さらに妖《あや》しい美しさに磨きをかけていた。

「私がこんなおなごに負けるわけがないっ」

そう言って、千鶴が佳純の頬を張ろうとした。が、直前で止めた。手形の痕《あと》が残ることをいやがったのだ。

手形がついているのを色右衛門が知ったら、千鶴が叱《しか》られるからだ。佳純の美貌《びぼう》は傷つけてはならない。大切なものだ。

「逃がしてください、千鶴さん」

と、佳純も言う。

「逃がしたら、私がお頭から折檻《せっかん》を受けてしまう」

「逃がすのではなく、逃げるから、折檻は受けません。千鶴さんは悪くないのです」

と、佳純が言う。

「逃がすのではない……」

「はい。そうです」

逃げられたのなら仕方がない。確かにそうだ。そうだろうか。

「いや、騙《だま》されないよ。私はお頭に嫌われたくないからね」

そんな話をしていると、色右衛門が戻ってきた。

「千鶴、風呂《ふろ》にするぞ。五右衛門風呂を沸かすぞ」

「はい。佳純はどうしますか」

「そうだな。檻《おり》に入れるか」

と、色右衛門が言う。

檻に……檻はひとつしかない。佳純用のものを持ってくるのか。

「佳純、これから縄を解《ほど》くが、よけいなことを考えるなよ」

「はい、色右衛門様」

と、佳純はうなずく。

「縄を解いてやれ」

と、色右衛門が言う。千鶴が佳純の縄を解きはじめると、色右衛門が匕首《あいくち》を手にした。檻の中の真之介に向ける。

「変なまねをしたらそく、こいつはあの世ゆきだ」

両手の縄が解かれた。佳純が上体を起こした。たわわな乳房の量感が増す。

どうしても、そこに目が向いてしまう。すでに四度も放っているが、勃起を取り戻している。

佳純も千鶴もずっと裸なのだ。しかもふたりとも、そそる躰をしている。なにより乳が豊かだ。おなご知らずには、刺激が強すぎる。

千鶴が両足の縄も解く。

佳純が自由となった。緊張が走る。佳純が立ちあがった。たわわな乳房をゆったりと揺らし、真之介が入っている檻に向かってくる。

乳房も恥部も隠さない。すうっと通った無垢《むく》な割れ目が迫ってくる。

見てはいかん、と思っても、無理だった。

千鶴が檻の戸にかけられている南京錠《ナンキンじょう》を開ける。そして、戸を開いた。

「入れ」

と、色右衛門がぱしっと佳純の尻たぼを張る。

佳純は、あんっ、と甘い声をあげて、よろめくようにして、真之介が入っている檻に入ってきた。

千鶴がすぐさま戸を閉め、南京錠をかける。

獣を入れるための檻であったが、大人がふたりとなると窮屈になる。

すぐそばに、佳純の肌がある。乳房があり、尻がある。

剝《む》き出しの肌から、さっそく甘い汗の匂いが漂ってくる。

「仲よくしてな。もちろん、生娘《きむすめ》の花を散らすことはゆるさんからな。まあ、おまえなら、万が一にも散らしたりしないだろうがな」

と言って、色右衛門は千鶴とともに座敷から出ていった。手下任せではなく、色右衛門自ら風呂を沸かすようだ。

二

いきなり、佳純とふたりきりになった。

しかも、すぐそばに佳純の美貌がある。

「申し訳ありませんでした……私なんかのために……新崎様までこんな目にあってしまって……」

ふたりがいなくなると、急に羞恥《しゅうち》を覚えたのか、佳純は右腕で乳房を抱き、左手で恥部を覆《おお》った。

が、この恥じらう仕草が、よけい真之介を昂《たかぶ》らせてしまう。

魔羅《まら》が反り返り、真之介は両手で隠した。それに気づいているようだが、佳純はなにも言わない。

「わしこそ、申し訳ない。佳純さんを助けることができずに……それどころか、こんな狭い場所に……ふたりで……すまない」

「いいえ……」

と、佳純はかぶりを振る。

「隙《すき》を見て、必ずここから脱出しようぞ」

「はい、新崎様」

と、佳純が真之介を見つめている。

唇が近い。口吸いをしたくなる。色右衛門とは口吸いをしている。なんともそそる横顔を見せて、舌を吸い合っていた。

「足、痛みますか」

と、佳純が太腿《ふともも》の上に手を置き、撫《な》でてくれる。

「うう……」

思わず、うめく。

「ごめんなさい。痛みますよね」

違っていた。痛むのではなく、感じていたのだ。

さらし越しに手のひらを置かれただけで感じるなどありえないのだが、感じていた。

「あ、あの……」

「なんだ」

「お乳、揉《も》んでくださいませんか」

そう言って、佳純が乳房を抱いていた右腕を脇にやった。お椀形《わんがた》の美麗な乳房がすぐそばで息づく。

「えっ……」

真之介は驚きの目を向ける。

「お乳を揉んで……少しでも痛みを忘れてくださったら……と思って……ああ、ごめんなさい……なんてはしたないことを……忘れてください。変なんです……色右衛門の精汁を顔に浴びたりして……」

あっ、と佳純が声をあげた。

真之介がつかんだからだ。

真之介は佳純の乳房をつかんでいた。つかむだけではなく、揉んでいた。

「あっ、ああ……」

乳首を押しつぶされて感じるのか、佳純が甘い喘《あえ》ぎを洩《も》らす。

そんな反応に煽《あお》られ、真之介の頭にかあっと血が昇る。

「佳純さんっ」

真之介は左手も乳房に手を伸ばした。左右の手で、左右のふくらみを揉みしだいていく。

「はあっ、ああ……あんっ……」

強く揉みしだくたびに、美麗なお椀形が淫《みだ》らに形を変えていく。そしてなにより、佳純が甘い喘ぎ声を洩らす。

じわっと肌が汗ばみ、佳純の裸体全体からあらたな汗の匂いが醸《かも》し出す。

佳純のすべてがたまらない。

「つらそう……」

と言って、佳純が魔羅をつかんできた。

「あっ……」

つかまれただけで暴発しそうになり、真之介は思わず腰を引いた。

「ああ、汚れた私の手はおいやですか」

「まさか、佳純さんは汚れてなどいないっ」

「でも、今……」

「違うのだ。また出そうになったのだ」

「えっ、また……もう、今宵《こよい》、四度も……」

「そうだな」

「殿方は、ひと晩に何度も……その……出せるのですか」

「いや、わからぬ。わしも四度も出したのは、はじめてだ」

乳房を揉みつつ、真之介はそう言う。

「そうなのですね」

また、佳純が魔羅をつかんでくる。

「うう……」

「大丈夫ですか」

「い、いや……出そうだ」

「出してください。佳純にかけてください」

「そのようなことは、できぬ……」

「新崎様……」

と、佳純が美貌を寄せてきた。

あっ、と思ったときには、真之介の口が佳純の唇に塞《ふさ》がれていた。

それはとてもやわらかかった。

舌で口を突かれ、開くと、ぬらりと舌が入ってきた。

唾が甘い。とろけるようだ。

が、まずい。ただでさえ暴発しそうなのに、佳純との口吸いに、我慢できなくなった。

あわてて乳房から手を放したが、遅かった。

「ううっ」

舌をからめつつ、真之介は射精させていた。

勢いよく噴き出した精汁が、手を放したばかりの乳房にかかっていく。

どろりどろりと乳首にかかり、ねっとりと垂れていく。

「うんっ、うっんっ、う、うんっ」

それでも、佳純は舌をからめたままでいる。火の息を吹きこんでくる。

まさか、佳純がこんなに色ごとに前のめりになるとは。これは本来の佳純ではないだろう。色右衛門の責めに、躰が疼《うず》いてしまっているのだろう。

脈動が鎮《しず》まった。ようやく、佳純が唇を引いた。

「あっ、すまないっ、佳純さんっ。なんてことを」

乳首が精汁で埋《うず》まってしまっている。

佳純は乳首にかかった精汁を指先で掬《すく》うと、半開きのままの唇へと持ってゆく。

そして、ちゅっと吸ってみせた。

「か、佳純さん……」

「おいしいです……新崎様」

「佳純さんっ」

と叫び、真之介は佳純を抱きよせる。精汁まみれの乳房が、ぶ厚い胸板に押しつぶされる。とうぜん乳首も押しつぶされ、

「はあっ、あんっ」

と、佳純が甘い声をあげる。

真之介は入れたくなった。生まれてはじめて、おなごに入れたいっ、生娘の花を散らしたいという牡《おす》の衝動に駆られた。

真之介は佳純を抱きしめたまま、出したばかりの魔羅の先端を佳純の割れ目に押しつけようとする。

「あっ……」

と、佳純が声をあげ、腰を引いた。

「す、すまない……」

「ごめんなさい……驚いてしまって……あ、あの……よかったら……」

と、佳純が言う。

「よ、よかったらというのは……」

と、野暮なことを聞く。

「よかったらは……よかったら、です」

佳純は清楚《せいそ》な美貌を真っ赤にさせている。

「よいのだな」

「はい……」

と、佳純がうなずく。

できれば、佳純を寝かせて本手《ほんて》で繋がりたいのだが、檻の中では寝かせる余裕すらない。

ということは、このまま、抱き合ったまま、繋がらなければならない。

いや、それは無理だ。そもそも、もう一度、生娘の花びらをこの目で見たい。

焼きつけておきたい。

「佳純さん……あの……」

「もう一度、見たいのですね……」

鎖骨《さこつ》まで赤くさせて、佳純がそう言う。

「おねがいできるか、佳純さん」

「それで、痛みを忘れられるのなら……」

「忘れるぞ。今も、まったく痛みを感じないぞ」

佳純の甘い匂いに包まれているだけで、傷の疼きは消えていた。

佳純が膝立《ひざだ》ちとなった。乳房からは精汁が垂れつづけている。

佳純はそれをそのままにして、恥部をさらした。

剝き出しの割れ目はぴっちりと閉じている。

「失礼する」

と言うと、真之介は佳純の割れ目に手を伸ばした。そっと触れる。

それだけで佳純は、はあっとかすれた声をあげ、真之介も魔羅をひくつかせた。

はやくも勃起を取り戻している。裸の佳純を前にしていたら、ひと晩で十発はいけそうだ。

真之介は割れ目をくつろげた。

桃色の花びらがあらわれると同時に、これまでにたまった薫《かお》りがふわっと真之介の鼻孔に襲いかかってきた。

「ああっ、これはなんだっ」

ひと嗅ぎで、真之介は獣となった。心の底から、躰の奥底から、入れたいっ、という衝動が湧《わ》きあがった。

真之介は躰を起こすと、再び佳純を抱きよせた。そして、見事な反り返りを取り戻した魔羅の先端を、佳純の割れ目に向けていく。

「よいか」

「はい、新崎様」

と、佳純はしっかりとうなずく。

まさか、このような形で、佳純とひとつになることができるとは。佳純の女陰で男になることができるとは。

色右衛門に感謝しなければならないのか。いや、それは違う。しかし、色右衛門があらわれなければ、こうして捕らえられ、同じ檻に入れられなければ、佳純とひとつになることはなかったのだ。

「参るぞ」

真之介は腰を突き出した。

が、鎌首《かまくび》は割れ目にめりこまない。

「参るぞ」

と、また鎌首で突いていく。入口は狭く、抱き合ったままでは結合部分を見ることができず、おなご知らずには、この形で繋がるのは難しい。

何度か突いたが、あせりが出て、さらに捉えられなくなる。

三

多岐川主水は向島まで来ていた。

船着場に迫ると、繋がれている空の猪牙船に乗り移り、船底の匂いを嗅ぐ。

かすかに、ほんのかすかに、佳純の匂いがした。竹刀を合わせたとき嗅いだ、佳純の匂いだ。

「ここだっ。ここから上がったぞっ」

と、猪牙船に乗る辰見に告げると、主水は猪牙船から飛びおり、駆け出した。

真之介は佳純の割れ目を突いている。

なかなか果たせないでいると、色右衛門が千鶴とともに戻ってきた。

「なにをしているっ」

佳純の生娘の花を散らそうとしている真之介を目にして、色右衛門が目をまるくさせる。

「やめろっ」

と叫ぶなか、真之介は割れ目にめりこませようとする。が、さらにあせってはうまくいくはずがない。

「やめろっ。それは俺の花だっ。俺が散らすのだっ」

千鶴に鍵を出させると、南京錠をはずす。

色右衛門はすぐさま扉を開ける。

それを見て、真之介は躰の向きを変え、色右衛門にぶつかっていった。色右衛門は勢いのまま、後退した。

「佳純さんっ」

と叫び、真之介は佳純とともに檻から出る。

「逃げるなっ」

と、千鶴が飛びかかってくる。真之介は正面から千鶴を受けると、そのまま投げた。千鶴は板間に後頭部を打ち、気を失う。

その間に、佳純が座敷に無造作に置かれていた真之介の大刀《だいとう》を鞘《さや》ごと手にした。すらりと抜くと、色右衛門に向ける。

「覚悟っ」

峰に返すと、色右衛門に向かって大刀を振る。

色右衛門はさっと下がり、すぐさま背を向ける。

「逃がさぬっ」

と、佳純は裸のまま色右衛門を追う。

色右衛門は寮から出ると、外を駆け出す。盗賊だけあり、逃げ足がはやい。

「待てっ」

佳純はぷるんぷるんと乳房を弾ませ、色右衛門を追う。

真之介もあとを追う。目の前で、佳純の尻がぷりぷりうねっている。色右衛門を追っているのか、佳純の尻を追っているのかわからなくなる。

「待てっ、色右衛門っ」

佳純がなんとも勇ましい。裸であったが、大刀を手にしたとたん、剣客になっていた。

主水はおのが目を疑った。

裸の男が先頭を走り、その背後に裸のおなご、そして、そのうしろにも裸の男が走っていた。みな、こちらに向かってくる。

「佳純っ」

ぷるんぷるんと乳房を弾ませ駆けてくるのが佳純とわかり、逃げているのが鬼蜘蛛だと察した。

色右衛門が主水に気づいた。

すぐさま右手に曲がる。そして、さらにはやい足取りで逃げる。

「待てっ、鬼蜘蛛っ」

と、主水も駆け出す。こちらに豊満な乳房が迫ってくる。

大刀を手にして走る佳純の姿は、神々《こうごう》しくもあった。弾む乳房を見て、股間を疼かせることが冒瀆《ぼうとく》のような気がしてくる。

佳純が先に右手に曲がった。それを、主水が追う形となる。すると今度は、ぷりぷりうねる尻が視界に入ってくる。

月明かりを受けて、白く浮かびあがっている佳純の裸体は、このうえなく美しかった。

色右衛門が森に入った。とたんに、姿がわからなくなる。

「色右衛門っ」

と叫び、佳純も森に入っていく。

そのあとに主水も入ったが、佳純が立ち止まっていた。

「長月どのっ」

華奢《きやしや》な背中に声をかける。

「消えてしまいました」

「木に登っているのかもしれぬ」

そう言って、主水は木々を見あげる。幾重《いくえ》にも枝が伸びていたが、色右衛門の姿はない。

「佳純さんっ」

と、背後から男の声がした。

「逃げられてしまいました」

と、佳純が言う。

「色右衛門っ」

と叫び、男が前に出る。裸だ。魔羅は勃起している。

男が木々の間を進んでいく。枝が剝き出しの肌をこすっているが、構わず進んでいく。

佳純も男のあとをつけるように進むが、枝が白い二の腕や脇腹や太腿をこすっている。男のほうはなんでもなかったが、佳純の肌には赤いすり傷がつく。

「逃げられたか」

と言って、男が振り返る。すると勃起させた魔羅が枝にこすれ、ううっ、とうめく。

「大丈夫ですか、新崎様っ」

と、佳純が案じるように男を見つめ、その場にしゃがむと、唇を寄せていった。

「な、なんと……」

主水の前で、佳純が新崎という男の魔羅に舌を這わせたのだ。

「佳純さん……」

新崎も狼狽《うろた》え、主水を見る。

「かすり傷でも、大切なところです。唾を塗《まぶ》せば」

と言って、さらにぺろぺろと舐めている。

尺八《しゃくはち》ではなく、かすり傷を癒《いや》すために唾を塗していているようだが、それでもやっているとは尺八と同じだ。

しかも、佳純は裸なのだ。踵《かかと》に尻たぼが乗っている。それがまた、たまらない眺めとなっている。

舐められて感じるのか、新崎が鈴口《すずぐち》より先走りの汁を出しはじめた。

「あら、お汁が」

と言って、佳純がぺろりと先走りの汁を舐めた。

「ああっ」

と、新崎が大声をあげた。感じるのだろう。

主水は思わず見てしまう。

「佳純さん……火盗改の方が……」

と、新崎が言った。主水のことを知っているようだ。

新崎に言われて、佳純がはっとした顔になった。あわてて立ちあがり、こちらを見る。

「ああ、多岐川様……いつ、お見えになったのですか」

色右衛門を追っているときに、主水も視界に入っていたと思うが、気づいていなかったようだ。

「いや、今だ……」

主水の視線に気づいたのか、あっ、と声をあげて、大刀を持つ右手で乳房を抱き、左手の手のひらで、剝き出しの割れ目を隠した。

するると、なにもかもさらしているときよりもそそった。佳純が全身で恥じらっているからだろうか。

「長月どの、申し訳なかった」

と、主水は裸の佳純に向かって頭を下げた。

「わざと捕まってほしい、と頼みながら、この体《てい》たらくはなんともお恥ずかしい限りだ」

と謝り、火盗改の頭、多岐川主水である、と新崎に向かって名乗った。

「定町廻り同心、新崎真之介と申します」

「町方の方か……はじめて見るお顔だが」

「父が亡くなり、家督《かとく》を継いだばかりです」

「なるほど。どうしてこの場に」

「鬼蜘蛛の一味が、佳純さんの家に押し入ったとき、私もあの場にいたのです」

「なんと」

「猪牙船を見つけるのに手間取り、そのおかげで逆に、気を失った佳純さんを連れ去る色右衛門を追うことができました」

「そうでしたか。お恥ずかしい失態を、町方にも見られてしまいましたな」

と、主水は言う。

「千鶴はまだいるはずですっ」

と、新崎が言い、駆け出した。

佳純も新崎のあとを追うように駆け出し、主水はまたもぷりぷりうねる尻たぼを追うように駆け出した。

家の中はもぬけの殻《から》だった。千鶴の姿もなかった。

鬼蜘蛛の本拠を突き止めたが、誰も捕らえることはできなかった。

四

明くる夜。

真之介は佳純の家を張っていた。

色右衛門は、必ず佳純を捕まえにやってくるはずだ。こうして見張りがいると予想できても、それでも佳純を捕らえに来るだろう。

そして、生娘のまま佳純の躰を開発して、引き込みを作るためのおなごに仕立てるだろう。

佳純が大刀を持ち、庭に出てきた。稽古着《けいこぎ》姿だ。

正眼に構え、しゅっと振っていく。

なんとも凜々《りり》しい姿だ。

昨晩、佳純の裸だけではなく、花びらまで目にし、しかも魔羅を舐められたことが信じられない。

が、あれは真《まこと》のことなのだ。佳純とは口吸いまでしてしまった。佳純の生娘の花を散らすことで、男になりたいとまで言ってしまった。知られてしまった。

佳純は大刀を振りつづける。

裸の佳純も美しかったが、こうして稽古着姿で真剣に大刀を振る姿も惚《ほ》れぼれする。

佳純が大刀を振る手を止めた。

「のぞきが好きなのですか」

と、生け垣に目を向けて聞く。

「ああ……ばれていましたか」

「ばればれです。町方としての修行が足りませんね」

と、佳純が言う。そんな軽口をたたく佳純ではなかった。やはり、裸を見せ合い、口吸いをして、距離が縮まったのか。

真之介は裏木戸を開けて、庭に入った。

「足の傷はいかがですか」

「もうかなりよい」

「それでは、お手合わせ、願えますか」

佳純が聞く。

町道場をやっていたときには、たまに手合わせしたものだ。佳純の父上が亡くなり、道場を閉じてからは、手合わせをしていない。

真之介がうなずくと、佳純は大刀を置き、竹刀を二本持ってきた。真之介に近寄り、竹刀をくれる。

そのとき、汗の匂いが薫ってきた。昨晩の恥態を思い出し、股間が疼く。

佳純と対峙《たいじ》して、竹刀を構える。

どうしても、佳純の裸体が脳裏に浮かぶ。気をやったときの得も言えぬ表情が浮かぶ。

「たあっ」

佳純が一気に迫ってきた。

「面っ」

受けたつもりだったが、わずかに佳純の竹刀がはやく、額を打たれていた。寸止めではなかった。

「あらぬことを考えていたでしょう、新崎様」

と、佳純が言う。

「いや、まさか……」

「胴っ」

と、佳純が払ってくる。

ぎりぎり受けたが、すぐにまた、面っ、と額を打たれた。

「おなごの裸に惑わされていては、なりませんよ」

そう言って、小手を狙《ねら》ってくる。

真之介はとっさに下がった。が、佳純は一気に間合いを詰めてくる。

面をぎりぎり鼻の前で受ける。

そのまま鍔迫《つばぜ》り合いとなる。佳純の美貌がすぐそばにある。

凜《りん》とした雰囲気は変わらないが、荒い息を吐くために、半開きとなった唇が悩ましい。

「今、口吸いをしたいと思いましたね」

「いや、そのようなことは……」

「新崎様は、おなごに惑いすぎです」

甘い汗の薫りが漂ってくる。

「し、したい……」

「えっ」

「口吸いをしたいぞっ」

真之介は一気に竹刀を押していく。そして、佳純の小手を狙った。

見事に決まり、しかも強く当たったため、佳純が竹刀を落とした。

「はやい……」

電光石火の竹刀さばきに、佳純が感嘆する。

「口吸いをしたいからだっ。おなごに惑うと、力が出るぞっ」

と叫ぶと、真之介は佳純のほっそりとした躰を抱きよせ、半開きの唇を奪った。

舌を入れると、佳純のほうからからめてきた。

「うんっ、うっんっ」

お互い荒い息をぶつけ合い、ねっとりと舌をからませ合う。

口吸いだけでは満足できず、乳を見たくて、稽古着の合わせ目に手を入れる。

そして、ぐっともろ肌脱ぎにした。

「あっ……」

さらしに巻かれた胸もとがあらわれる。

「いつもの……新崎様とは違います……」

佳純が驚きの目を真之介に向ける。

「いやか」

「いいえ……いいえ……」

「では」

と、さらしに手をかけ、引き剝《は》いでいく。

すると、たわわに実った、見事なお椀形の乳房があらわれた。月明かりを吸って、白く絖光《ぬめひか》る。

真之介に見られ、乳首がみるみるしこってくる。

真之介は佳純の乳房を鷲《わし》づかみにしていた。

「ああっ……」

佳純が甘い声をあげる。とがった乳首が手のひらで押しつぶされ、躰を震わせる。

真之介はこねるように揉んでいく。揉みながら、再び佳純の唇を奪う。すると、佳純がしがみついてきた。

「昨晩、おっしゃったことは真ですか」

唇を引き、佳純が問うてくる。

「昨晩のこととは……」

「いじわるですね……佳純に言わせたいのですか」

「言わせたい」

そう言って、とがったままの乳首を摘《つ》まみ、ころがす。

「あっ、あんっ……真におなご知らずなのですか」

「知らない。佳純さんをはじめて見たときから……その、あの……佳純さんで男になりたいと思ったのだ」

「はじめて見たときから……ですか」

「そうだ。町道場の物見窓から門弟に稽古をつけている佳純さんをはじめて見たときからだ」

そう言って、さらに乳首をころがす。

「あっ、あんっ……」

「それから、同輩に岡場所に誘われても、行かなかった」

乳房をつかみ、こねるように揉んでいく。

「あ、あああっ、あんっ」

美麗なお椀形が、真之介の手によって淫らに形を変えていく。

「新崎様も……出して……ください」

「えっ」

「佳純だけ、お乳を出しているなんて、恥ずかしいです。不公平です」

恥じらいのそぶりを見せつつ、頬をふくらませてみせる。

真之介は急いで着物を脱いだ。鍛えられた上半身があらわれる。

「たくましい……」

と言って、佳純がぶ厚い胸板に手を置き、なぞってくる。

乳首を撫でられ、せつない刺激を覚える。

佳純は二の腕も撫でてくる。右手で胸板、左手で二の腕の瘤《こぶ》を撫でられ、ぞくぞくする。

「新崎様も、乳首が……勃《た》っています」

と言うなり、佳純が胸板に美貌を寄せてきた。乳首をぺろりと舐めてくる。

「ああっ……」

と、真之介は恥ずかしい声をあげてしまう。

佳純は右の乳首を舐めつつ、左の乳首を摘まんでくる。

それを見て、真之介も手を伸ばして、佳純の左右の乳首を摘まむ。

「ああっ……」

と、唇を引いて、佳純が喘ぐ。喘ぎつつ、下帯《したおび》に手をかけ、脱がせてくれる。

真之介の魔羅が佳純の家の庭であらわになった。

まさか、このようなことになるとは……。

昨晩、裸で抱き合ってはいたが、あれは異常な状況だったからだ、という思いが強かった。日常に戻れば、昨晩のことはなかったかのような態度を佳純は取るだろう、と想像していた。

が、まったく違っていた。佳純が魔羅をつかんでくる。

「たくましいです……」

と、甘い声で囁《ささや》く。

「すごく硬いです」

「佳純さんはとてもやわらかい。そして……」

「そして、なんですか」

「よい匂いがする」

と言うと、真之介は佳純の乳房に顔を埋めた。汗の匂いが、真之介の顔面を包む。

「ああ、佳純さんっ」

真之介はぐりぐりと顔を押しつけつづける。

すぐに、女陰の匂いを嗅ぎたくなる。が、その匂いを嗅げば、あと戻りできなくなる気がする。すでに魔羅を出している。

佳純の花びらをあらわにさせれば、あとは入れるだけだ。散らすだけだ。

「ならん……ならんぞ」

と、真之介は乳房に顔を押しつけたまま、かぶりを振る。

「そのようなことはありません」

と、佳純が言う。ならんの意味がわかっているようだ。

真之介は佳純の乳房から顔を上げた。

佳純は自らの手で稽古着を脱いでいく。腰巻だけとなる。

そして、その腰巻にも手をかけていく。

「佳純さん……よ、よいのか……それを脱げば……その……」

「新崎様に……佳純の……生娘の花を……捧げます」

佳純が真っ赤になりつつ、そう言った。

「よ、よいのか……真によいのか」

「はい」

と、佳純がうなずく。

「色右衛門に散らされるかもしれません。その前に、新崎様の魔羅でおなごになりたいのです」

「そ、そうか……わしも……佳純さんで男になりたい」

「では……」

と、佳純が腰巻を取った。

すうっと通った秘裂があらわれる。月明かりを受けて、そこだけ浮かびあがっているように見える。

色右衛門の隠れ家ではなく、佳純の家の庭で目にする割れ目は、また格別だった。

夜明けまでじっと見ていても、飽きることはないだろう。

が、ただ愛《め》でるだけは今宵で終わりなのだ。この割れ目に魔羅を入れるのだ。奥に潜む生娘の花を散らすのだ。

その前に、匂いを。

真之介はその場にしゃがんだ。佳純の割れ目が迫る。ぴっちりと閉じていたが、そこから、かすかににじみ出している。

真之介は割れ目に指を置いた。指が震えている。佳純の下半身も震えている。

これを開けば、生娘の花を散らすまで一直線となる。

よいのか……よい……よいのだ。

真之介は割れ目をくつろげていく。すると、花びらがあらわれた。

それはすでにしっとりと濡れていた。月明かりを受けて、きらきらと輝いている。

「きれいだ。なんともきれいだ」

「はあ……ああ、恥ずかしいです……」

真之介の視線を受けて、花びらがきゅきゅっと動く。はやく入れてください、と誘っているようだ。

見ているとじわっと蜜がにじんでくる。それにつれて、真之介でさえ牡にさせる蠱惑《こわく》の匂いが濃くなってくる。

真之介は誘われるまま、顔面を無垢でいて蠱惑の匂いを放つ女陰に押しつけていく。

「あっ……」

額でおさねをつぶす形となり、佳純が甘い声をあげる。

その声に、真之介は昂る。ぐりぐりと顔面を押しつけていると、股間から入れたいという衝動が駆けあがった。

真之介は顔を引くと立ちあがり、佳純の手を取った。

「参るぞ」

と言うと、庭から濡れ縁に上がり、寝間へと向かう。襖《ふすま》を開くと、すでに床が敷かれていた。

真之介は掛布団をめくると、佳純の裸体を床に寝かせた。

佳純はじっと見あげている。

真之介の魔羅は佳純に見つめられ、天を衝《つ》く。

足下にしゃがむと、閉じている両足をつかみ、ぐっと開いた。佳純の女陰の匂いが、真之介を牡にしていた。

両足を開き、膝を立てても、割れ目は閉じている。

そこに鎌首を当てる。

「よいな、佳純さん」

「はい。その御魔羅で散らしてください」

佳純がそう言い、瞳を閉じる。

真之介はぐっと鎌首を突いた。が、入らない。もう一度突く。が、はずれてしまう。

五

佳純がかぁっと目を見開いた。

「すまぬ……おなご知らずゆえ」

と謝る真之介を、佳純が蹴《け》りあげるようにして起きあがった。

怒らせたか。しかし、数回入れそこねただけで、そんなに怒らずともよいのに。

起きあがった佳純が、真之介を突き飛ばした。と同時に、小柄《こづか》が飛んできて、床に突き刺さった。

「なにっ」

振り向くと、大刀を手にした胡乱《うろん》な男たちが五人、濡れ縁に上がっていた。

佳純は裸体を回転させると、大刀を手にした。峰に返す。

男たちも峰に返していた。

「色右衛門の手の者かっ」

正眼に構え、佳純が問う。

裸で大刀を構えた佳純を見て、男たちが目を見張る。が、すぐに淫らな目つきとなる。

「いいおなごじゃないか」

髭面《ひげづら》の男がにやりと笑う。

「色右衛門の手の者かっ」

と、もう一度、佳純が問う。

髭面は真之介を見て、

「いいところを邪魔したが、そのいいおなごの生娘の花を散らされたら、大金はもらえないいんだよ」

「色右衛門の手の者なのだな」

と、佳純が言う。

「そのきれいな肌にアザをつけることはしたくないいんだが、生け捕りにしないといけないいんでね。悪いが、ちょっと打たせてもらうよ」

と言うと、髭面が佳純に寄っていく。

すると、佳純も間合いを詰め、さっと大刀を突き出した。手の甲を峰でたたき、あっ、と髭面が大刀を落とす。

佳純はそのまま迫ると、正面から額を打った。

「ぐえっ」

と、あごを反らせ、髭面があっけなく倒れた。

それを見て、ほかの四人に緊張が走る。その中でも腕に覚えのある長身の男が、濡れ縁から進んで佳純に迫る。

しゅっと袈裟《けさ》懸《が》けをしかけるが、佳純はたわわな乳房を弾ませつつ、さっとよけるなり、踏みこんだ。すれ違いざま、長身の腹を峰で打った。

「うぐっ」

長身の動きが止まると、袈裟懸けで肩をたたく。骨が砕ける音がして、長身の男が大刀を落とした。

とどめを刺すように、佳純が長身の額を打つ。長身の男は髭面と同様、崩れていった。

それを見て、残り三人の男は腰を引いた。

ふたりの男を倒して勢いづいたのか、佳純のほうから濡れ縁へと進む。三人の男たちは濡れ縁から庭へと下がった。

庭に出るなり、佳純がいちばん近くの男に斬《き》りかかっていく。男は額の前で峰を受けたが、押し返す前に、佳純が刃《やいば》を放しざま、胴を払った。膝を折る男のうなじに峰を落とす。

そしてすぐさま、別の男に斬りかかる。男は下がっていくが、佳純はぐっと踏みこむと、正面から打っていった。

男は受けたつもりでいたが、見事、峰が額を捉えていた。男は一撃で崩れた。

最後に残ったひとりは、呆然《ぼうぜん》と佳純を見ていた。

佳純は、はあはあと荒い息を吐いている。乳房が誘うようにずっと揺れている。

白い肌は汗ばみ、月明かりを吸って、絖光っている。

「私を捕らえないと、お金がもらえないんでしょう」

「そ、そうだ……」

「来なさい」

正眼に構え、佳純が最後の男に向かって、そう言う。

「あ、ああ……ちきしょうっ」

と叫び、最後の男が佳純に挑んだが、一発、面が入り、ひっくり返った。

まったく真之介の出番はなかった。

「お見事」

生け垣の戸が開き、多岐川主水が姿を見せた。

「ご覧になっていたのですね」

と、佳純が言う。乳房も割れ目もさらしたままだ。

「華《はな》が舞っているようであった」

「華が……舞う……」

「そうだ。長月どのを華舞剣客と呼ぼう」

「華舞……剣客……」

佳純は主水の強い視線を感じたのか、はっとした顔になり、

「ああ、なんてはしたない姿を……」

と言って、大刀を持つ右手で乳房を抱き、左手で割れ目を隠した。

「鬼蜘蛛の頭は必ず長月どのを攫《さら》いにやってくると思って、様子を見に参ったのだが、どうやら、わしは邪魔なようだな」

と言って、主水は背を向け、裏木戸から出ていった。

佳純が真之介を見た。真之介は濡れ縁にずっと立っていた。

「あら、ずっとですか」

と、佳純が頬を赤らめて聞いた。

「えっ……」

「その、たくましいもの……ずっとそのままなのですか」

佳純に言われ、真之介は股間を見る。

魔羅は見事に反り返ったままだ。佳純が男たちと戦うのを見ながら、ずっと勃起させていたことになる。

「いや、これは……」

佳純が寄ってきた。

濡れ縁に立ったままの真之介の股間に汗ばんだ美貌を寄せてくる。

「ずっとこのままなんて、なんて肝《きも》が据わっている御方なのでしょう」

反り返った胴体をつかみ、硬い、と言いつつ、佳純がしごく。

肝が据わっていたのではない。裸で剣を振る佳純の姿に見惚《みと》れていただけだ。

主水が言うとおり、華が舞っているようであった。

「もう、誰にも新米様とは言わせません」

「えっ」

佳純が唇を開き、ぱくっと鎌首を咥《くわ》えてくる。

「ううっ」

真之介は濡れ縁で立ったまま、腰を震わせる。

佳純はそのまま、反り返った胴体まで咥えてくる。

「ああ……佳純さん……」

佳純は根元まで咥え、じゅるっと吸ってくる。そして、うんうん、うめきながら、しゃぶっている。あまりに気持ちよくて、真之介は出しそうになる。

いかん、口ではなく、女陰に出すのだ。今宵、生娘の花を散らさなくて、いつ散らすのだっ。

「佳純さんっ、わしは……」

佳純はうなずき、濡れ縁に上がる。そして床に戻ると、峰打ちで気を失ったままの男たちがいるそばで横になった。

「ここでよいのか」

「ほかに移りますか」

「いや……」

ほかに移っていては、勢いを失うことになる。佳純自身も五人の男を倒して、かなり昂っているように見える。今だ。今しかない。

真之介は佳純の両足をつかみ、開いていく。

さきほど突けなかった割れ目がぴっちりと閉じている。

そこにまた、真之介は鎌首を向けていく。

佳純が瞳を閉じた。

今度こそ。

真之介は鎌首を割れ目に当てると、ぐっと突いていく。

「あっ……」

一度でめりこんだ。が、すぐに押し返される。

そのまま再びめりこませようとするが、あせると、やはりうまくいかない。

落ちつけ。佳純の生娘の花はすぐそこにあるのだ。ちょっと突けばよいのだ。

真之介は深呼吸をして鎌首を割れ目に押しつけた。すると、鎌首がめりこんだ。

「い、痛いっ」

と、佳純が声をあげた。

「大事ないか」

そのままめりこませずにいると、佳純がまたかあっと目を見開いた。

そして真之介を蹴りあげるようにして裸体を起こすと、脇にころがった。

空いた床に、最初に倒れた髭面の持つ刃が突き刺さる。

「このアマっ」

と、佳純に向かって斬りかかろうとしたが、大刀を手にした佳純がすばやく髭面の腹を斬っていた。

コスミック・時代文庫

華舞剣客《はなまいけんかく》と新米同心《しんまいどうしん》

2023年12月25日　初版発行

【著 者】
八神淳一《やがみじゅんいち》

【発行者】
佐藤広野

【発 行】
株式会社コスミック出版
〒154-0002 東京都世田谷区下馬 6-15-4
代表　TEL.03(5432)7081
営業　TEL.03(5432)7084
　　　FAX.03(5432)7088
編集　TEL.03(5432)7086
　　　FAX.03(5432)7090

【ホームページ】
https://www.cosmicpub.com/

【振替口座】
00110-8-611382

【印刷／製本】
中央精版印刷株式会社

乱丁・落丁本は、小社へ直接お送り下さい。郵送料小社負担にて
お取り替え致します。定価はカバーに表示してあります。
© 2023 Junichi Yagami
ISBN978-4-7747-6523-5 C0193

COSMIC
時代文庫

八神淳一 の最新シリーズ！

書下ろし長編時代小説

攻める宗春、受ける吉宗
暗雲ただよう政争のゆくえはいかに？

**歩き巫女《みこ》
尾張の陰謀**

徳川吉宗の治世、江戸に現れた美貌の巫女・望月千代。江戸の民を虜にする千代の狙いは吉宗の政道批判だった。事態を重く見た吉宗は、側近の加納久通を通じて寺社役の高畠辰之伸に密命を下す。だが、千代の背後には吉宗の政敵、尾張の宗春が黒幕として控えており……。暗雲ただよう政争のゆくえはいかに。

絶賛発売中！

お問い合わせはコスミック出版販売部へ！
TEL 03(5432)7084
http://www.cosmicpub.com/